书影与肖像

鼎山自选集

impressions and portraits

董鼎山 著

天津出版传媒集团
百花文艺出版社

图书在版编目（CIP）数据

书影与肖像 ：鼎山自选集／董鼎山著．-- 天津 ：百花文艺出版社，2012.8
ISBN 978-7-5306-6142-0

Ⅰ．①书… Ⅱ．①董… Ⅲ．①随笔－作品集－中国－当代 Ⅳ．①I267.1

中国版本图书馆 CIP 数据核字 (2012) 第 191653号

天 津 出 版 传 媒 集 团
百花文艺出版社出版发行
地址：天津市和平区西康路 35 号
邮编：300051
e－mail:bhpubl@public.tpt.tj.cn
http://www.bhpubl.com.cn
发行部电话：(022) 23332651　邮购部电话：(022) 23332478
全国新华书店经销
天津市豪迈印务有限公司印刷
*
开本 787×1092毫米 1/32 印张 9.875 插页 8 字数 151 千字
2012 年 9 月第 1 版　2012 年 9 月第 1 次印刷
印数：1－5000 册　定价：28.00 元

董鼎山　二〇一二年七月于纽约家中

一九四五年在圣约翰大学，左四为董鼎山

一九五五年，在学校舞会上

一九七一年九月
全家在海滨度假

一九八〇年全家福

一九七一年四月董鼎山和女儿在一起

写作生涯的终结(代序)

董鼎山

十余年前,我在百花文艺出版社出版的《纽约客书林漫步》序言中,以“第二个写作生涯”为题写出了我到美国居留三十年以后再度执笔作文的感慨,想不到今日竟要为一生最后出书的文集写序,我名之为“写作生涯的终结”,不能算是夸张吧?

自从一九八〇年代初期以来,我已出书二十余种,与许多编辑交过朋友,从未遇到像本书编辑一样的知己。他们喜爱我的作品,并主动建议为我出版两本新书,以此作为我九十岁生日的纪念,令我极为感动。多年来他们不断催促我写回忆录,我一直以懒惰为由推却,结果在他们逼促之下,我终于同意片段性写出回忆,先在《散文》月刊连载。不料写到中途,正在我热心供稿之际,突然中风,出院以后,我发现已再不能写回忆。患病的结果,不但影响了我的记忆力，而且也阻断了我的写字能力：写英文不能拼字，写中文错字、白字连篇，常觉得不能随心所欲地写出要写的字，脑科医生谓这是中风伤害脑力所致，要不断操练，终会恢复原状，但我还有多少日子可等？

我当然仍不断操练我的脑力，因此我还在不断写作，以防脑力迟钝，结果是我在纽约《侨报》所发表的每周一次的专栏，短短一千字的文章，亦可借此抒发当作家的灵感冲动。我的大脑仍在努力思考，一有感触就要写出来，这样既能不断锻炼我的脑力，也可鼓起我对余生的兴趣，至于所谓“写作生涯”，已告段落。

不过我凭什么来自号“写作生涯”呢？在写作方面，我一生从事了七十余年(从十四岁开始发表作品)，说不上什么“生涯”，因我从未有一个时期是靠写作收入维生，从未靠稿酬购屋、养家、旅游，乃至坐飞机访问祖国。正如我在少年向叔父表明我的前途意想时被叔父所斥的那样：“你要靠写作维生？一生注定要过亭子间生活？”(“亭子间生活”是当时上海人形容生活困苦的俚语。)我结果听从他的忠告，最终在新闻界与学术界之间找到了足以维生的“生涯”。

我当“作家”的初期经验是，杂志编辑有时会轻蔑地表示:给你发表已经抬举你了,怎么还要稿费?确实,我当年有许多初出茅庐的作家朋友都迎逢了这种待遇。到了今日,我还在提醒作家朋友们,绝对不要自费出版自己的著作。在美国出版界有很多所谓的“Vanity Press”(虚荣出版商),听说现在国内也有这种现象,想发表的作家甘愿自费出书,印了几百本洋洋得意地去送人。我对他们的忠告是:千万不要轻视自己的心血作品,一定要相信自己的东西是值钱的。(不然何必要做作家?)今天我尚在纽约碰到一位在华文报纸发表作品的作家,他甘愿出资三千美元由该报馆出书。不仅如此,报馆(根据它的广告)甚至要求版权也要属于它。我只能劝告此位先生,不要小觑自己,因虚荣而上当。

有人好奇地问我:那你自己在《侨报》专栏经常发表,稿费可不少吧?我说我已到了不必靠稿费维生的地步,写稿不是为了钱,二十余美金一千字,不够带上妻子去中国餐馆吃顿饭。我说我写专栏乃是为了有个发泄感情的地盘。我与编辑约法两章:一、我不能拼音打字,必要靠打字员;二、文章如有更改,必须取得我的同意,因我要保留自由发挥的权利。我把第二个条件看得更重,不然何必写稿?

还有人对我的英文写作收入表示好奇。与中文报刊相比，美国报刊稿费确实到了足以度生的程度(三十年前我在《纽约时报》一篇七百五十字的专论，稿费二百五十美元；一篇六百字书评，稿费一百五十美元；替《巴黎评论》写篇介绍中国文学状况的文章，稿费三百五十美元)。但是稿费虽高，写稿必需编辑邀请，除非你是一位名家。因此我不敢把自家的英文写作与中文写作相提并论。我从不曾梦想在英文写作方面可以达到靠此维生的“生涯”境界。

今年听说国内报刊稿费提高，令我兴奋。也听说市场经济的影响，提高了许多文人的收益，甚至有人可以获得高达百万、千万的版税，这是市场经济的成功。尤记得我的第一本文集《天下真小》于一九八四年初次出版(印数一万两千册)时的情形，编辑兴奋地告诉我，此书在各地书店一抢而空。在美国，我们称之为畅销书。我问编辑，既是畅销书，何不继续再版获利？他腼腆告我，在中国没有这种规例。出书是一种“任务”，任务完成，主事者的责任也告终，不必继续再版获利。这种情况，现在当然不会再有了。

整个写作生涯，我的感慨很多。现在就借此地盘再发些老年人的牢骚，为未来作家仗言。真要感谢本书编辑给我这个机会。

二〇一二年七月十日于美国纽约

目录

“三字经”与马克·吐温

听说山东湖北两省教育局命令本省各地小学停止将《三字经》用作教材，要全部改写后（“取其精华，去其糟粕”）才可在教室使用。幼时我也背诵过《三字经》，现在只记得最初两句是：“人之初，性本善”，唯恐山东省那些教育“专家”们要将此两句改为“人之初，性本恶”。《三字经》乃是中国历代经典著作。颟顸无能、缺乏智性的教育官僚们有何资格来篡改经典作品，翻造中国的历史？

世界上多的是头脑单纯、用政治偏见来决定何种人应读何种书的人物，这类现象甚至在思想自由的美国也有的是。我这么多年来在美国，常常听到思想陈腐保守的城镇教育委员会自作主张，禁止学校与图书馆陈列文学名著。是什么理由？因为那些作品“诲淫”。名家如 J. D. 塞林格与诺曼·梅勒的巨作都遭过此类待遇。最可笑的是，出版梅勒处女名作《裸者与死者》的书局，住社会压力下竟将书内“Fuck”一字改为“Fug”，引得读者们取笑，戏称梅勒不知拼字。书局在多方抗议之下，不得不改同来，那些思想陈腐者显然不懂梅勒所写的是战场经验，在炮火攻击下，那个大兵不会说“Fuck”来诅咒敌军？文学著作的认真竟触犯了那些愚蠢男女的敏感！如此，《圣经》上的用字也会遇到那些愚人的干涉。

目前，美国读书界一件大新闻是马克·吐温的作品遭到攻击，奇的是攻击不是来自保守的右翼，而是来自开明的左翼：阿拉巴马州一位大学英文系教授，竟擅自将马克·吐温名作《哈克贝利芬历险记》改编出版，鼓励各地教师取用。这位先生将书中出现二百余次的“Nigger”一字取消，改为“Slave”。我们都知道，“Nigger”是所有黑人最忌惮的字，其侮辱、蔑视的成分相等于华侨所听到的“Chinaman”。

文学杰作是富有历史性的，在马克·吐温写作此书的时代，“Nigger”是当时白人对黑人的通称，何况马克·吐温在书中明确显示他是同情黑人遭遇的。这本书并无诅咒黑人之处。将一本经典作品更改，等于是将一幅价值千万金的名画涂改。有的中学教师在奥巴马当选总统后，甚至主张将《哈克贝利芬历险记》一书不再收入中学教材。我还记得有一时期也有顽固的犹太人主张禁演莎士比亚名剧《威尼斯商人》,因为剧中有“侮辱犹太人”之处。

历史是不容篡改的，时代思想的变化不能改换经典艺术作品。所幸的是,此次对于马克·吐温名作的论争,大部分思想开明的黑人学者与我意见相合。

二〇一一年一月

卡夫卡的情书

近来读了不少作家书信集，对写信者的心理有更深切的了解。阅读别人的书信好似进入了别人的头脑。发现了一位所崇拜的作家的隐私更使我觉得又惊又喜。例如，弗吉尼亚·伍尔夫对凯瑟琳·曼斯菲尔德的嫉妒，那种不自觉地流露出来的狭窄心态。

最近读的是新出版的《卡夫卡情书集》。所谓“情书”，在这位奇才作家的笔下也是奇特的。卡夫卡一九一三年写给他未婚妻菲丽丝·鲍尔的信有这么一段——

> 我常想到，我的生活最好的样式是坐在一个上了锁的宽敞地窖中最里面的房间中，与我的写作工具和一盏灯做伴。饭是送来的，总是放在离我房间很远的角落。穿了睡袍前去取饭，途经拱顶的地室，是

我唯一的运动。然后回到桌边，慢慢地、细细思虑地食用，食后立即又开始写作。我要多多地写作！多多地从深处发掘！

献身于写作的人们看了这封信都会有同感。在写作热情奔放之时，寝食俱废乃是常情。可是我们须记得收信者不是同行，而是情人。三十岁的卡夫卡甚至在向未婚妻倾诉爱情时也不忘他的第一嗜好是写作。读了他的书信集，我们也可看到他的著作的特点：感情的紧张，热情的横溢，对细节的注意。(诺贝尔文学奖获得者埃利亚斯·卡内蒂把卡夫卡写给菲丽丝的情书形容为卡夫卡不断对自己的“内心独白”；从那些信中，他对小说《审判》有了更深切的了解。)

菲丽丝·鲍尔那时在柏林做女秘书工作。卡夫卡在一个朋友的宴会中与她初遇，念念不忘，于一星期后写下第一封情书，腼腆地做自我介绍，说他在桌宴上坐在她的对面，此后他就不断写信，每天一封，恳求她也回信。

情书是一项失去的艺术。在今日，谈恋爱的(不管你是不是作家)哪里还有勤勉写信的？

卡夫卡借情书来发泄他的各种感情。有时他是热情的:“我属于你;我不知如何用其他方法来表示我的强烈感情。”有时他是自悯的:“我的精力老是可怜的脆弱。”有时他富含醋意:“我妒忌所有你在信中述及的人,包括提了名字的与不提名字的,男的与女的,做生意的与干写作的。”有时他简直是专横下令:“请详细回答所有这些问题。”

卡夫卡对菲丽丝的独断占有态度,在今日的女权主义高涨的社会中不能被容忍。菲丽丝如有一天没有写信,他会责怪她故意令他失望。可是第二天他又会向她道歉。卡夫卡健康不佳,常在信中诉苦:头痛,失眠,神经衰弱。在那个时期,这些病症好似是当作家者的常情。他提出很多问题,要知道她的工作情况、她的生活习惯、她的脾气习性:“上星期日,你在家里干些什么?”“你上班时穿什么衣服?你的工作主要是什么?”“星期日晚上你写信说你成天背痛,不大舒服,是什么意思?”

他要她回答这些问题,不一定是因为他对她的深爱,也可能是因为他可在他的想象中创造人物性格。菲丽丝的性格与内向的卡夫卡完全相反:她是脾气随和又开朗乐观的,他们可以在书信来往中密切地交换感情,可是每当他们会面(自布拉格去柏林约须六小时的火车)时,往往情况尴尬,情绪紧张,卡夫卡无话可说,保持着不自在的缄默。

菲丽丝开始是无动于衷,后来动了情。可是一到谈及婚姻的可能时,卡夫卡又突然觉得自己不配做她的丈夫。他甚至写信说他引起了她的误解,说她不知他的实况。他写道:“等在你前面的生活,并不是你所见到的在威斯特伦闲步的快乐夫妇的生活。没有挽了臂的轻松愉快的闲谈,而且是与一个乖戾、闷闷不乐、缄默、不满、害病的人共同过修道院式的生活。”卡夫卡把自己形容为一个“被无形镣铐锁住了无形文学的人,一有人碰触这些镣铐就会嘶喊”。

在此后五年中,他们间的关系若即若离。正如本文开首所言,卡夫卡被关在无形的地窖中,加上了文学写作的锁链,他无法去应付日常生活的现实。他的痛苦折磨使他不得不放弃对菲丽丝的爱情,而回到他写作生涯所必需的孤独自处中去。

菲丽丝终于嫁给一位富有的商人,生下了两个儿女。卡夫卡一九二四年死于肺病时,才不过四十出头。

一九八八年七月一日

多斯·帕索斯诞生百周年

约翰·多斯·帕索斯(John Dos Passos)于一八九六年出生,今年是他的百年诞辰。我所要写的不是应时的纪念文章,而是想提出多年不忘的疑问:他于一九三七年出版的《美国》(*U.S.A.*)三部曲究竟是不是一部伟大的著作?

多斯·帕索斯于一九七〇年逝世,这些年来,他的当年文名几乎完全在读者们的脑中淡忘,甚至大学课程中也难得开有研究他作品的课。当代人士认为他于六十年前所描写的美国资本主义社会已经过时;但是也有少数人指出,六十年前资本主义丧失人性的效果正与现时代大企业大鱼吃小鱼、致使穷人失业的情况相似。真正的文学作品应有不朽的价值。我往往好奇,今日的十八九岁少年读了这部小说将获得何种印象?

二三十年代的美国小说以三大家为主:多斯·帕索斯

作品着重政治与社会意识，海明威以男子汉大丈夫的个人主义敏感见称，菲茨杰拉德以浮华世界的风尚为主。在这三大家中，只有多斯·帕索斯被今日的文化学术界忽视。这是不是意味着他的社会意识已经过时落伍？

直到第二次世界大战结束后的四十年代，多斯·帕索斯仍享有国际盛名。法国文哲大师萨特把他的小说赞誉为甚至高过于卡夫卡或福克纳。美国文学评论家屈瑞林于一九三八年一篇书评中把《美国》三部曲称为“当代一部重要美国小说”。

当我在五十年代初读这部厚厚(一千数百页)的小说时，多斯·帕索斯的名气已在渐渐消退。我是在暑期花了一星期工夫把它一口气读完的。三部曲于一九三〇年开始出版，第一部名《北纬四十二度》，第二部名《一九一九年》，第三部名《赚大钱》，这三部书于一九三七年合并为《美国》，综述了三十年来以美国资本主义发展为背景的各色故事。他采取电影剧本风格，情节曲折生动，笔法新颖独特。他所用的技巧包括：传记式的叙述，新闻片似的场面，以及摄影机般的视点(即作者自己的看法)。这类写作技巧立时使青年读者沉醉入迷。我觉得当时读到的确是一部有关美国的伟大小说：浩瀚、广阔、深远、包罗万象，把美国生活的深层涵义一览无遗。曾批评海明威、菲茨杰拉德视线狭窄的文学评论家爱德蒙德·威尔逊(Edmund Wilson)则把多斯·帕索斯誉为“这一代作家中稀有的第一流人物”。

《美国》对青年读者可以说在政治与社会意识上起到了巨大影响。当然,我在读此小说时思想已经成型,除了与作者起共鸣之外，我所吸收的主要是对美国社会与生活的认识。

对作家出身的好奇是读者一种很通常的感觉。海明威曾说过,当作家的先决条件是一个“不快乐的童年”,我们不一定要同意，可是多斯·帕索斯的童年的确不愉快。他是一个私生子，父亲到了发妻逝世后才与他母亲正式结婚。那时他已十四岁,而父母已经进入六十高龄。他所进的学校不错(哈佛),但是他的初期自传性小说泄露了他在童年时代的孤独寂寞的不快情绪。成年后他的思想激进化,相信社会革命。

他于二十四岁大学毕业时开始发表论文,出版小说。他虽然不是共产党员,却是同情美共的“同路人”,于一九二八年至苏联游历回来后，他的左倾思想成为公认的事实。

一九三七年时，他对西班牙反法西斯政府深表同情，曾与剧作家莉莲·海尔曼、诗人阿契波·麦克里修，以及海明威等合作摄制一部有关西班牙内战的宣传片。当时他与海明威曾起了争执：海明威要把影片重心放在战争方面，多斯·帕索斯则要强调人民的受苦情况。在此期间，他对西班牙共产党内部斯大林派与托派之争产生恶感，从西班牙回来后，便开始与左翼作家疏远。这是他的思想转变的关键阶段。原来他对美国社会阶级斗争的成见，化为他对个人自由的尊重。他的著作渐渐流露了他的右倾思想：鼓励个人自由，反对庞大的工会、庞大的官僚制度、庞大的政府机构。

他在政治思想转变之时受到左翼作家群的注意。斯大林主义者群起攻击，指责他出卖共产党。其实他所出卖的是什么呢？——他的反对资本主义的热忱，他的对美国社会的批评，他的对被迫害者的同情，他的对革命的憧憬。

三四十年代的美国文坛被左翼作家把持。多斯·帕索斯的转变无疑伤害了他的文名。海明威发言常对他侮辱有加，甚至他的朋友爱德蒙德·威尔逊也对他表示不满。可惜的是，他的人道理想主义不能阻止他从极左走向极右。到了一九六二年时，他已进入老年，竟与右翼保守政治团体为伍。他在文坛上的声名也因而一落千丈。

多斯·帕索斯后期的保守主义思想与他早期小说《美国》三部曲中的激进主义思想截然不同。在他的心目中，社会上正邪的分界线划得很清楚。在那初期的三部曲中，他的敌人是剥削贫民的资本主义，他所同情的是被剥削者，正邪分明。而在他后期小说中，他的敌人是挂着“自由派”牌子的伪善骗子，他对资本家的描写则是积极的，也是正邪分明的。在他的最后一部作品《世纪的退潮》(*Century's Ebb*)中，他甚至把五十年代以跋扈反共著称的麦卡锡参议员形容为一个“爱国烈士”，称扬他的反共行为。这种一百八十度的转变，甚至令那些同情他的读者与朋友也感到寒心。

为了纪念他的百年诞辰，“美国文库”今年将《美国》三部曲重印新版。我粗略地翻阅一下，重温了数十年前初读时的印象，发现阅读此书犹如阅读本世纪开首三十年的美国历史。我不得不惊服多斯·帕索斯的包罗万象的写作手法。三部曲系用四种技巧来立体性表现美国社会生活的全面：一是“新闻片”，利用新闻报道、报纸标题、广告与流行歌曲来缀成各幅画面；二是“摄影棚镜头”，用自传性的意识流手法来描写作者的观察；三是“传记”，用当时各界名人,如汽车大王福特、银行家摩根、电影明星瓦伦蒂诺、舞蹈家邓肯等的传记缀成;最后才是作者想象中的二十余个角色生平事实的叙述。把这四种技巧混合起来的写作手法,当时是新颖独特的。设想一下今日的异想天开的作家用电视、电脑网络等手法来写一部宏伟的小说的情形!

青年的热情与老年的谨慎清晰地在多斯·帕索斯初期与后期作品中表露出来。可惜的是,西班牙内战中的经历浇灭了他的青年革命热情。《美国》虽已过时,但还是一部伟大的作品。但是他没有持续下去,因此他的名字不能与国际文坛巨星,如巴尔扎克、狄更斯、托尔斯泰、司汤达等并列。

一九九六年十二月

纪念福克纳百年诞辰

今年是美国大文豪威廉·福克纳的诞生百周年,全世界各地,从他的出生地密西西比州的牛津城到前苏联的格鲁吉亚首都,英国、法国都有专家集会纪念这位曾获诺贝尔文学奖的作家。福克纳本人如果在世,一定也会惊奇他在世界的声望。听说国内福克纳研究专家也在准备出版纪念百年诞辰的特刊,我不禁也手痒痒地想在这里敲一下边鼓。

福克纳大部分的生活系在牛津城度过。他自幼没有受过正式教育,于二十余岁时开始写作,态度高傲,但无人注意,没想到他去世时(一九六二年),已成为故乡最著名的人士,牛津城也几乎与英国牛津大学所在地齐名。九月间正在举行长达一周的庆祝,节目包括展览、演讲、宴会等等,高潮是在市政厅前为一座铜像揭幕。这座铜像不像通常那样置在高高垫座上，而是坐在一把公园板椅上。福克纳头戴呢帽，口含烟斗，低头深思，好似在凝神结构一部小说的情节。

可是他的家属却准备抵制这个揭幕仪式。他们声言所反对的不是铜像，而是铜像的地点。他们指控当地政府完全忽视家属，自作主张，因为市政府父老要把铜像作为吸引外地游客的中心，其实铜像应设置在距市中心约十里的福克纳故居。他的出生地是在一个名叫新阿尔本尼的小镇，而这个小镇也自有它的庆祝典礼。同时，他曾居住和写作过第一部小说《士兵的报酬》(*Soldier's Pay*)的新奥尔良也有纪念典礼。在纽约，纽约市立大学举行了福克纳作品研讨会，另有一群作家在著名的文艺人士集中地阿尔贡肯旅馆举行朗诵晚会。

牛津城的纪念会主要系由密西西比大学主办。这所大学原有一年一度的福克纳作品讨论会，今年度规模更大。福克纳虽然在生前已被公认为本世纪最伟大作家之一，他成名的途程是崎岖的。他的名作如《喧哗与骚动》、《我弥留之际》、《八月之光》、《押沙龙，押沙龙！》等在出版之前曾遭许多书局退稿，就是因为这些著作都是新颖尝试性而非传统性的。

出版界这些负面的反应慢慢地因为读者的喜爱而告克服,福克纳终于受到国际注意,而于一九四九年获得诺贝尔奖的荣誉。他自早年写作生涯开始就深感他南方僻乡的居民与生活值得一写。他的作品中的角色成为美国景地中最有独特色彩的人物。不过福克纳传记作者约瑟夫·布洛特纳则并不认为他是一位眼光狭隘的乡土作家,他所创造的人物都具有普遍性。福克纳自称他的作品专注于“人类精神自相矛盾的气质。”这位传记作家以为福克纳周围的小世界可以引入更大的普遍性世界,他说福克纳不但是“本世纪最伟大的作家,而且超越了霍桑、梅尔维尔、亨利·詹姆斯”。这样的夸奖当然也会引起文学评论家间一阵热烈论争。我相信世界各地的百周年纪念会中都在面红耳赤地讨论。密西西比大学学者威廉·弗瑞斯刚被克林顿总统任命为国家人文基金会总干事,他在新阿尔本尼的纪念会中演说,指出他所喜爱的《押沙龙,押沙龙!》是代表美国南方的一部“最典范的小说”。福克纳的崇拜者都以为他生前的对手如海明威、菲茨杰拉德等等根本望尘莫及。

在他的小说中,福克纳成为一位足可区别事实与真理的创作家。他说,事实“可以用各个角度观察,结论不一,而真理则是不容置疑的”。在南方乡下度过青少年时代的福克纳显然受了当地生活习俗的深刻影响，往往像中国农村一样,三四世代的子孙居住在同一屋内,在冬夜齐集火盆前听长辈讲故事与家庭历史。福克纳的创作想象力就是在这种气氛中发展起来的:事实可用想象力伸展,但是事实核心的真理,却无可置疑。

福克纳的生活与心理状态崎岖不平,有时他会进入情绪低谷,但他从不怀疑他对自己作品价值的信心。他生前以酗酒闻名，最大的两个原因似是他的弟弟的早死以及他的婚姻的不美满。据另一《福克纳评传》的作者卡尔说,福克纳的许多烦恼都是自己所引起的;与海明威一样,他饮酒解愁,摸索创作的道路。在婚姻期间,他有过许多罗曼蒂克的外遇,尤其是于他在好莱坞写电影剧本之时。他是为了金钱的诱惑而去影城工作的，有时会浪费到购买一架私人飞机。不过他对好莱坞式的生活终于生厌。某次他对二十世纪福克斯制片公司老板说，他要一个清静工作环境,可不可以回家写剧本。老板应允,福克纳乃回牛津城老家。这位老板后来对人说:“我还以为他的家是在比弗利山庄。”(按:比弗利山庄是影城最富有的住宅区。)

在好莱坞生活时，他的怪僻脾性把他造成了传奇人物。一位剧作艺术家突然被迫成为公式化的剧作家(他的电影剧本有时与他人合写,有时被他人改写),当然很不快乐。某次他应一位导演之邀,前往山区打猎,同行者有当时的电影巨星克拉克·盖博。盖博请他举出当代几位最伟大的作家,福克纳举出托马斯·曼、海明威、多斯·帕索斯以及他自己。盖博惊讶言道:“哦,你也是位作家?”福克纳答道:“是的,盖博先生,你是干哪个行业的?”从这段对白,我们可看出大作家与大明星间彼此的无知。

法国读者于早期就欣赏了福克纳,把他与普鲁斯特以及其他独创性的作家相比。不久,他在拉丁美洲也吸引了大群读者。上述的评传作者卡尔,某次陪同秘鲁作家马里奥·巴尔加斯·略萨前往福克纳故居吊墓,略萨不能控制感情,流泪说道,福克纳是“我们这时代最有诱惑力的小说创作家”。

但是同时代的美国作家之中也有不以为然的。弗兰纳里·奥康纳某次写道:“我对福克纳敬而远之,以免我的小船被他压沉。”

美国大学的文学系都开了福克纳一课,世界各地都经常举行他的作品讨论会,虽是如此,往往也总有人疑问谁来读他的小说。许多读者认为阅读困难,他的作品一度绝版。近年来，兰登书屋曾出了二十几种他的小说平装本，最引人注意的纪念百年诞辰的《威廉·福克纳集外短篇小说集》，成为大学生间的第一畅销书。他的百年诞辰当然更引起了广大读者的兴趣，也促使了我在这里著文报道，我的猜想是，不久将有更多新的评论与传记出世。

在密西西比州，特别是牛津城，福克纳的书当然畅销，但令人奇怪的是，在大学校园之外，福克纳作品在一般读者之间还是销路有限，主要原因是阅读的不易。我还记得当初自己在初识普鲁斯特作品之时，常常准备下些功夫，但读了一些，又把书本放下。我想许多同行者也会同意。福克纳的作品就有普鲁斯特作品的类似气质。阅读福克纳，我们必须有充分的准备与勇气，不能中途知难而退。他的特点是意识流式冗长的内心自白，叙事的视点会突然转向。要细细了解他的小说，读者必须专神，不去理会注释，以免分心。真正能够欣赏福克纳者，常把他的作品重读。

福克纳小说并不是消遣读品。常人一天工作后返家疲倦，绝不能随手拣出一本《喧哗与骚动》来自娱解闷。世界上毕竟有多少严肃读者？在我认识的美国小说作家中，也有一些从未涉猎福克纳者。不过，我听说在法国、瑞典及其他国家也颇有一些重读再读的福克纳迷。

传记作者弗瑞斯说，福克纳是位只为自己而创作的艺术家，他根本不顾虑有没有读者。他的写作是因为他有创作的需要，不是因为要迎合读者的兴趣。他曾这样说过："每一位艺术家的目标都是用人工的办法抓住生活的动态，把它按住不放；一百年后，有人探视，它又活动起来，因为它就是生活本身。"

真正的作家是永恒的创造艺术家。

一九九七年九月二十四日

海明威挥泪杀宠猫

在二次大战之前的战场中,骑兵队代替了坦克车,战马受伤,战士不忍见爱马痛苦嘶叫,往往用子弹结束伤马的生命。西班牙内战时,海明威与一批思想先进的作家朋友一起去西班牙助共和政府与法西斯党徒作战,我还记得在少年时唱过流行歌曲《保卫马德里》。我想如今记得此歌的人已很少,但没有一个读者会忘记海明威。

近来读到由纪念肯尼迪总统图书馆传出来的一个有关海明威的故事,令我甚为感动。一九四九年,海明威在威尼斯酒吧中遇见一位名叫伊文维邱的当地望族子弟,两人谈话投机,互谈战地经验,成为好友,经常通信,海明威常说他的名作《老人与海》乃是伊文维邱给的灵感,他们往来的信件中有十五封存在肯尼迪图书馆档案文库。他们的通信是在一九五三年至一九六〇年之间。在此期间,海明威到处为家,历经古巴、美国、肯尼亚、巴黎、马德里等地,常告诉伊文维邱他的经历。在一封日期是一九五三年来自古巴的信中，他谈及他如何不得不枪杀一条名叫威利的爱猫。因为威利被汽车碾掉双腿,痛苦不堪。海明威不忍心举枪，旁边有人自告奋勇代行其事。海明威写道：“我不愿让威利知道是陌生人杀它。那时一群外地游客乘车来此,我告诉他们,我不方便见客,请他们理解我的心理,自行离开。不料一个笨蛋竟这么说,‘我们幸好碰巧看到伟大的海明威哭泣,因他不得不杀死他的爱猫。’”海明威继续写道,“我骂了他,但详情不必告你。我当然惦念威利小姐。我虽曾杀过人(意谓战场。——作者注),但从没想到我会亲手枪杀我爱了十一年的动物，一头断了双腿呼噜叫痛的小猫。”

被朋友们昵呼为“Papa”、以男子汉大丈夫英雄气概著名的海明威竟因爱猫的受苦而流泪。人对宠物的情感与人对人的爱惜相同。(我犹记得自己去年与女儿爱狗Trevor告别时的心痛,他因患重病必须被兽医处死。)

有一次,在他于一九五三年自肯尼亚所寄的信中,他说他希望“所有非洲动物都能与我玩扑克牌”,他把伊文维邱称呼为“酒友弟弟”,在信的结尾写了“Papa”。在一九五三年四月的一封信中，他说，“Papa 的肝、肾、血压都不错，医生做了各种测验，而且头脑清新快速如常。”他说，“收入税如此的高，出书越多，我越穷。”

后来，在一九六〇年五月三十日的一封信中，他说，“我近来写得很勤快，自今年一月以来已写了十万字，每天写完后疲倦得不能写信。”

肯尼迪总统是海明威的忠实读者。古巴核弹危机发生后，美国禁止公民前往古巴，但肯尼迪特别准许海明威第四任妻子玛丽前往古巴去收集和带回海明威的旧信、存稿及其他遗物。这些遗物后来就存在肯尼迪图书馆。肯尼迪博物馆于四月一日开放展览他的遗稿旧物，还有去年十一月从海明威基金会取得的旧信。海明威系因抑郁症吞枪自尽，他的好友伊文维邱仍在世，年已八十有余。

二〇一二年四月

亨利·米勒与安纳·宁

我对亨利·米勒初度发生兴趣是四十多年前的事了。那是一九五三年,我已自密苏里迁居至纽约,在一个青年文学爱好者的聚会中邂逅了一位娇小玲珑、谈吐不俗的犹太裔女士。她对当代文学的知识令我咋舌。五十年代正是麦卡锡参议员迫害左派思想人士的时代,当时的知识青年集会都爱讨论政治与文学,我也常去那位女士在布鲁克林高地的公寓闲谈。星期日早晨在阳光照耀的大窗下喝咖啡,谈论作家与自己的奢望,自有其一番乐趣。在她的琳琅满目的书架上我找到亨利·米勒的“回归线”(*Tropics*)系列全集,欣喜不已。

米勒的自传性著作当时正与 D.H.劳伦斯的《查泰莱夫人的情人》一样,在美国乃是禁书。(今日想来,犹如隔世。)近来读到匈牙利出生的摄影家布拉赛(Brassai)的米勒传记英译本，我不禁神往，一面想象美国作家三十年代在巴黎的生活，一面回想自己五十年代在纽约格林威治村与布鲁克林高地的厮混。布拉赛也是毕加索的好友，以拍摄著名艺术家的照片闻名。这本法文传记《亨利·米勒：巴黎的年代》原系于七十年代出版，英译本的问世使我得以熟悉米勒在青年时代的挣扎。

他于一九三〇年初抵巴黎，身无分文，靠打杂工糊口，次年他与布拉赛相会。在未来九年中，他踯躅巴黎大街小巷，尽力吸收法国文化。他的最著名的著作当然是《北回归线》(*Tropic of Cancer*)，他把自己在巴黎街头的经历形容为“犹如鬼影在盛宴中出没”。当他搬入一个较为像样的公寓居住时，他在墙上贴满包装纸，在上面抄记了未来小说的轮廓、人物与各种描写。在此期间他的生活十分浪漫，与许多女性发生关系。他对这些性经验的大胆描写造成他的著作在美国的被禁。这些女性之一就是本文也将述及的安纳·宁。《北回归线》系于一九三四年出版。两年后他出版了《黑泉》，当即引起法国文坛的注意，但是没有机会在美国发行(他的名气是由旅行者带回的)。布拉赛那时专门拍摄巴黎街头酒鬼、妓女、同性恋者的照片，他的摄影集《巴黎夜色》于一九三三年出版时震惊法国。他与米勒都憎厌社会人情的伪善,二人常常讨论文学,批评那时流落在巴黎的美国作家。米勒瞧不起海明威,称呼他为“冒牌货”。

关于米勒的事迹,他人早已有记述,布拉赛此书的特色(不仅在于附了他本人的摄影)是他与米勒相识九年的私人经验。他的叙述是主观的,我们可以想象两位不拘小节的落魄艺术家在巴黎自由自在气氛中挣扎的乐趣。他们一面高谈阔论文学哲学艺术,一面恣肆放荡玩弄女性。米勒的可爱处是在他的天真无邪。他相信占星学,认为太空的木星可以引致他成名致富。“某晚,他与一占星学家谈话后,要想迫近看看天上的木星,乃取了一把梯子爬上屋顶去看,不想他看得如此出神,一失足跌下屋顶,一阵巨响,打破天窗。”这样的喜剧性描写给予读者亲近的人情味。

亨利·米勒于一九八〇年逝世,享年八十八岁。他的晚年生活仍保持他的“风流”特色,曾与一位年轻美貌的女演员保持了五年的“罗曼史”。在此期间,他已丧失了性能力,用“意淫”方式(他们之间写过千余封大胆淋漓的情书)来取得“满足”。

性是米勒生活的源泉。对性的兴趣是他的长寿缘由。

他在巴黎时代的女友安纳·宁与他同样地是位性放纵的自由人物。恰好最近有一本安纳·宁的新传记出版,我把两书对读一下,更可领会三十年代流落在巴黎的美国青年作家的生活。这本传记的作者名叫蓓尔,也曾写过萨缪尔·贝克特与西蒙·德·波娃的传记。她的叙述特色是小说化的轶事布置,因此读来特别有趣。

新传记取材的来源是于一九六六年至一九八五年间陆续出版的《安纳·宁日记(一九三一至一九六六)》以及书信原稿与访问记。安纳于一九〇三年出生,母亲是丹麦裔,父亲是西班牙裔。她于十一岁时即开始写日记,直到一九七七年逝世,全部日记积达二十五万页,约六七千万字。

不过一般评论家认为,她已出版的所谓“日记”充满虚构成分,归根结底,安纳·宁是个小说家(她的创作不如她的日记以及她的浪漫生活著名)。她于二十岁时与一青年银行家结婚,但是对性生活不满。一年后新婚夫妇自纽约迁往巴黎居住,安纳就开始了一连串的外遇。她自称曾与父亲与哥哥发生乱伦关系。她去看了心理分析医生,甚至把这些医生也诱奸。如有人批评她的私生活,她的答复总是:“我是艺术家,艺术家不必受常规约束。”她的丈夫竟也同意。

一九三一年时她与亨利·米勒相遇,被他的淫荡小说与波希米亚式艺人生活所吸引。她仍与丈夫同居。他们间的三角关系记录在《亨利与琼尼》(一九八六年出版,曾拍摄为电影)中。安纳·宁不但对放荡生活毫不在意,而且对当时欧洲政治状况也漠不关心,她对法西斯主义的崛起不见不闻。战争爆发后她迁回纽约居住,在此期间开始写色情小说,这些小说在她去世后编成两个集子——《维纳斯三角洲》与《小鸟儿》出版。七十年代正是美国读书自由大开放的时期,二书立时畅销。

她的生活越来越腐化,后来她对同性恋男人也发生兴趣。在一九四五年至一九四七年之间,她甚至引诱了十余龄的少年,她显然已在忧虑中年的来临。她继续写作,不过她的自传性小说并不受文坛重视。某次,著名评论家爱德蒙德·威尔逊曾在《纽约客》写过一篇书评,不过他的青睐似出于他们的同床关系(威尔逊玩弄女人乃文坛公开秘密)。从一九四八年开始,她尝试了双重生活,除了在纽约与丈夫生活以外,一部分时间花在洛杉矶与另一男人重婚同居。这样的双重生活一直持续至一九七七年她患癌症逝世。奇怪的是,《纽约时报》与《洛杉矶时报》的讣闻中所列的丈夫名字竟然不同。

到了此时，她所出版的“日记”却已使她成为尊重性自由的女权主义者心目中的女英雄。她的声名在她去世后反而大增，不过心理学家会分析，安纳·宁并不是一个自觉的女权主义先锋。她的放荡生活似出于内心的恐惧、内疚、孤寂、不安全感。一般过了中年，顾影自怜的妇人都会有这类感觉。她的所谓“完美生活”的梦终于未能实现。她的自私与放纵，甚至在她的“日记”中略去了对丈夫的记述。但她自以为是个博爱的女人。

传记作者蓓尔声明她的写作原意不是在于安纳·宁作品的文学价值，而是因为她在当代文化史中的地位。在打破女性传统观念方面，安纳·宁可算是先锋。她的著作解放了二十世纪女性的成见。在性、自我意识与心理分析三方面，她是开拓者，未来学者在研究二十世纪社会文化的演变时，将必须借这本传记来了解这个时代的女性。

一九九六年十一月

赛珍珠复活与多元文化

我于去年发表一篇有关瑞典皇家学院与诺贝尔文学奖的文章，提到历年来获奖的几名稀有女作家(美国的托尼·莫里森，南非的纳丁·戈迪默等)，读者立即远地来信质问怎么会漏了赛珍珠？我果然疏忽了这位以《大地》成名、自幼在中国生长的作家。这只证明了美国文化界已把她遗忘，而在中国，她的名字还在读者记忆中。

赛珍珠于一九三一年出版《大地》，时年三十九岁，于一九三八年获诺贝尔奖，立时扬名世界，可是她在美国文坛声誉不高。名家如马克·吐温、西奥多尔·德莱塞、亨利·詹姆斯都未获过这项国际巨奖，赛珍珠的获奖一时成为文学评论家的笑柄，甚至学术界也具偏见，大学中从不把她的作品列为文学研究课程。我希望最近一本新书的出现能复活读者对她的兴趣，恢复她在文坛的名誉。

新书名《赛珍珠：一部文化传记》，作者名叫彼得·康恩(Peter Conn)，乃是宾州大学文学教授。这本新书答复了读者们好奇的问题：一位在中国生长的传教士女儿怎么会突然成为世界名人？她怎么会突然地在文学历史上销声匿迹？她的生活是怎样的？她对人类做出了什么贡献？读这本书犹如读赛珍珠小说，读者一定会感兴趣，如此，赛珍珠也许还会取回她在美国文学史上应得的地位。

她的一生成就是多方面的。她一共出书七十余种，包括小说、散文、传记、新闻报道、翻译、回忆录、诗等。在六十年代，她是二十世纪美国作家中被译为外文最多的一个，今日她的小说仍在世界各地畅销。除了诺贝尔奖以外，她也得过其他如普利策文艺奖。她曾主编一本名叫《亚洲》的杂志；她与著名女性，如罗斯福夫人、节育专家桑格夫人、人种学家玛格丽特·米德等为友；她是女权主义者先锋，她早在黑人人权运动开始之前就主张种族平等；她收容美国士兵在远东遗下的混血儿，她是慈善家兼人道主义者。

赛珍珠于一八九二年出生，在镇江生长，父亲是个缺乏温暖人情的原教旨主义基督教传教士。她在美国进大学后嫁与一农学教授为妻，回到中国在安徽与南京安居。

丈夫与父亲同样态度冷酷,所生女儿智力迟钝。她郁郁不乐,用阅读与写作来做消遣。《大地》的成功一下子把她解放,她离了婚,转嫁帮她编书的书局编辑。此后三十年她的生活是愉快的,继续不断写书。可是有时她仍受抑郁症侵袭,她归咎于父亲与首任丈夫的影响以及女儿的情况。

赛珍珠不仅是一位作家,她借她的名气与进益担上了人道任务,在各种进步思想的宣传上起了作用。例如,作为一个女权主义者,她于三四十年代即先于许多妇女团体面支持平权法案;作为一个反对种族偏见者,她批评政府在大战时把日裔公民关入集中营;作为一个反帝主义者,她警告罗斯福与丘吉尔不能再在远东继续帝国主义殖民地政策;她深信妇女在性方面的解放;她不但抚养了混血儿女,而且坚持美国军事当局应该对美国大兵在亚洲留下的儿女负起责任。凡此种种,她都是历史上的先行者。

同时,美国保守分子却对她的作为不以为然。五十年代的麦卡锡主义毁坏了她的名誉;联邦调查局(F.B.I.)多年藏有她的档案。在这期间,她的奢望是回新中国一行,但被北京拒绝。(不能回到"祖国故乡"是她终生遗憾。)美国文学界对她获诺贝尔奖的蔑视更使她郁郁在心。她的丈夫于一九五九年逝世后数年，她与一个年龄比她小了四十岁的社交舞校教师发生友情，不听亲友忠告，设立了“赛珍珠基金会”交他主持。在她整个生涯中，这一段过程也许是最受人批评的。

赛珍珠写过两部自传性著作：《我的数个世界》(一九五四年)与《一座通桥》(一九六二年)。可是康恩教授这部《文化传记》包含了更多讯息：在中国的传教士生活，国民党统治，美国排华政策，大战时缅甸战役，“每月读书会”(Book of the Month Club)的崛起如何形成了美国民间对文艺的“中级趣味”(Middle Brow Taste)等等。这类多样性的背景造成这部传记的吸引力，正如她的小说一样动人。

赛珍珠生前并非一个开朗人物，她的神秘性仍存在，例如她与第二任丈夫及其所抚养儿女间的亲密关系在本书中没有明晰表露。可是我所关注的倒不是这类细节，而是赛珍珠今日在文学上地位到底如何。

本书作者认为，赛珍珠当年不受文坛重视有下列几个原因：一、她以《大地》一鸣惊人，获奖成名太快(也许引人生妒)；二、她的作品质量高低不平；三、她写的是异国背景、异国文化，西方人士中甚至受高等教育者也难了解；四、她的小说着重情节与广阔社会意义，而不注重文笔与孤独个人意识;五、她是女人,她写的是女人,她的读者多是中产阶级妇女。

半个世纪后的现在这个多元文化蓬勃的时代,赛珍珠的著作照理应受青年大学生欢迎。在今日看来,当年她的小说(外国背景,外国故事,主要角色是有色人种)应是革新性的。社会已在进步,因此我想到数年前评论家爱德蒙德·怀特(Edmund White)所说的话,很反感。他在一篇文章中谈到赛珍珠时谓:“我们人人皆知……汤婷婷对中国的认识远较赛珍珠为深。”

汤婷婷是出生在夏威夷的华裔,以《女战士》一书闻名美国文坛,据我所知,她只到中国做过一次短期访问。她对中国的认识怎可与生长在中国的赛珍珠相比?事实是,汤婷婷本人承认从赛珍珠作品中学来了不少东西。怀特的评论是含有种族主义意味的。汤婷婷是个土生美国人,她只具有一个中国人之姓而已。

我希望美国大学生能像他们祖父母那样,发现《大地》的阅读乐趣。

一九九六年十二月七日

塞林格的作品
——美国文学界的珍宝

我不知道国内有没有 J.D.塞林格作品的翻译本。塞林格的著作并不多,不过在美国,他已有的作品被文学界与读者们视为珍宝。这是美国很异常的现象。这位虽然著作不多但受人注意的作家已成为一个神秘人物,主要是因为他深居简出,不爱名气与虚荣。他的这类与众不同的处世态度,反而更引起读者们的好奇。

多年来,单是靠了一部小说《麦田里的守望者》的版税,他已可过上相当富裕安适的生活。不久以前,我曾替国内一个刊物写了一篇《几位"遁世"的冷门作家》,其中也谈到塞林格。《麦田里的守望者》出版已三十年,仍在陆续不断再版,销路每年仍很大,成为美国出版界与文学界一件极其罕见的现象,因此我觉得对这部小说的三十年历史,在这里很有介绍的必要。

不是在社会意义上，不是在内容上，而是在对读者的影响上，我可将塞林格的《麦田里的守望者》与巴金的《家》相比。巴金的《家》大大地影响了好几代中国青年。塞林格的《麦田里的守望者》大大地影响了好几代的美国青年。不过前者是在社会意识上，后者则是在对生活认识的成熟观念上。由于两国社会制度的不同，两国青年们的先占观念(preoccupation)也不同。三十年来，美国历年的一批批大中学生没有一个不读《麦田里的守望者》。小说主角是个青春期的少年，他的经历与思想引起其他少年的共鸣，正如《家》的高觉慧引起对旧社会有反叛精神的青年的共鸣。所不同的是，《家》的青年读者对社会现状不满，《麦田里的守望者》的少年读者则完全是关心自己个人的心理发展。

首先得将这部小说的大概内容轮廓谈一下。主角是个名叫荷尔登·考菲尔德(Holden Cauffield)的十六岁中学生，作者用这位少年的眼光与他自言自语的方式，来评述批判周围的成人世界的虚伪。发育期间的少年往往被成人所误解。这部小说的广大读者群不但包含了引起共鸣的少年，而且也有亟需了解儿女心理的成人。它的奇特的书名出于主角考菲尔德的白日梦。(少年们不是常做白日梦吗？)某次他梦见自己旁观一群儿童在一个悬崖边的黑麦田中奔跳游玩，唯恐儿童跌下悬崖，他就幻想自己在峭壁之下等候接救跌掉下来的儿童。但他又不要做英雄。

《麦田里的守望者》是于一九五一年夏间初次出版的。当时作者三十二岁，已在各著名杂志如《君子杂志》(*Esquire*)和《纽约客》上发表短篇小说，已拥有一批读者群众。写短篇小说成名后，塞林格曾告记者："我是一个短跑选手，不是长跑者，也许我永不会写长篇小说。"可是一两年后，《麦田里的守望者》问世，长二百七十七页，价格三美元。这虽然是作者的第一部长篇小说，但由于他的短篇小说名气，极度引起了读者的好奇，每月书会竟破例把它选为每月杰作之一。荷尔登·考菲尔德，一个对虚伪深恶痛绝的瘦长少年就因此成为美国读书界的一位新英雄。塞格林的新颖独创的作风，也起文学界的骚动。《大西洋月刊》、《星期六评论》等文学杂志的书评给它高的评价。可是少年考菲尔德口中的咒骂的粗话太多，引起天生教刊物的不满。教会刊物警告少年们不要读此"渎神"的书。但这种警告没有用。《麦田里的守望者》完全以一个十六岁少年的语气与词汇来写。不久，不但少年读者们模仿考菲尔德的语言，就连《纽约时报书刊周刊》的书评竟也完全以考菲尔德的语气写出。塞林格的新鲜语汇与独创作风不但替自己造成了大名气，而且也鼓励了不少青年作家继续创作。

有的批评家当时认为这现象不过是一时的风尚。但其实不然。三十年来,《麦田里的守望者》已有了好几种版本,单是攀登书屋的平装本就已出了五十三版,销路仍不下第一版,经年不衰。全国所有中学几乎都将此书指为必要的课外读物。

出版《麦田里的守望者》的第一个书局是立德尔-布朗(Little, Brown)。塞林格原将此书原稿交予另一个书局的编辑审阅。那位编辑认为主角考菲尔德“有神经病”,拒绝接受。他当然料不到,《守望者》于一九五一年七月十六日出版后,在半个月内再版五次,立时爬上《纽约时报》畅销书目单第十四位。八月又再版三次,九月再版两次。在出版五星期内,《守望者》爬上《时报》畅销书目单第四位。可是从第三版开始，作者的照片已悄然地不再在封皮上出现,这是塞林格避免招摇的第一个迹象。

次年六月,格罗塞-邓拉普(Grosset & Dunlap)书局也出了一个版本。一九五三年,西格乃(Signet)书局出了首版平装本,售价五角。(三十年后的今日,一般平装书价格是三元左右,精装书是十五元左右。)西格乃书局在十年后停版,整个时期共销了三百三十六万四千本。另一名叫现代图书馆的平装本书局又于一九五八年出版。沃兹(Watts)书局于一九六七年出了一个“专为图书馆用”的特别版本。

攀登书局的平装本于一九六四年初版，售价七角五分。五十三版后,今日的售价是两元五角,销路与一九六四年时差不多,每月仍可销两三万本。

三十年来,《守望者》的全部销路已在一千万本以上。立德尔-布朗的精装本也已出了三十五版,今日的售价是十元九角五分(价目较一般精装书为低,是因书薄之故),它的初版已成为收藏家珍品,每册价值二百元。

美国公共学校中用为教材的小说,以《守望者》为第二位（第一位是斯坦倍克的《人鼠之间》(*Of Mice and Men*),此书已译成多国文字,包括芬兰文,波兰文,希伯来文。我觉得要将《守望者》译为中文,相当困难,因为译者必须精通美国俚语,熟悉美国习俗与社会状况,了解美国少年的心理，而且用中国的相对俚语来保持原作的独创作风。有意尝试的须记住：这部小说的吸引人处不是情节,而是文字的细节,语气与奇特作风。必须阅读原文后始能理解此书的妙处。三十年前,当《守望者》初出版时,虽然书评极佳，但我对这类少年自述生活的小说根本没有兴趣，经过朋友怂恿之后，我好奇地向朋友借阅，翻了第一页，就不能释手，聚精会神地把它一口气读完(我十四岁的女儿也有同感)。这是一种很难得的读书经验。

名作家约翰·厄普代克的文学兴趣也是靠《守望者》滋长的。一九五二年时，他还是哈佛大学学生，初次风闻此书的大名，听同房者高声朗诵。他自己是于一九五五年阅读的。其时他早已读过塞林格的短篇小说，深表钦慕，觉得对他本人后来的创作很有帮助。厄普代克说塞林格对他的影响几乎与海明威对他的影响相似。

《麦田里的守望者》的大名与其作者的避免惹人注意，大大增长了读者的好奇心。多年以来，《守望者》也常在报纸新闻中出现，下面所举的不过是几个例子：

一九五一年七月，《守望者》初版；

一九五三年十一月，隐居的塞林格初次同意接受记者访问。记者是一个十六岁的高中女生，将塞林格形容为“身材高大，看来好似外省人”。此文是在新汉普郡州的一家日报发表的。年轻的女记者问，《守望者》是不是自传性的？塞林格承认他本人的少年生活确与考菲尔德相似；

一九五六年七月，美国保守团体发起禁书运动，但是里诺一家书店经理拒绝将《守望者》从书架抽去；

一九六〇年十一月，加利福尼亚州一个浸礼会牧师攻击此书“渎神”、“猥亵”,不应用作公共学校的教材；

一九六一年三月，俄克拉何马州一个高中二年级的英文教师向学生推荐此书,引起家长抗议,要求将教师革职。结果,在家长们压力之下,学校同意禁了此书,但未开除教师；

一九六五年二月,《守望者》又在宾州一个小城的公立中学中被禁；

一九七〇年七月,《守望者》在南卡罗来纳州一个地区被禁；

一九七四年十一月,塞林格难得一次地接受访问,攻击将他的书偷版的出版商；

一九七七年十一月，新泽西州一个十六岁女生从学校里带回此书,引起父母大怒,要求学校禁书,但未成功；

……

为什么有的父母及信教的人要禁此书？《守望者》不能算是一部淫书,但是作者运用了一些粗俗词汇。

塞林格出生于一九一九年元旦日,从未上过大学,自幼爱好写作,将写作目为人生的乐趣。可是他所发表的作品不多,至今一共只出版了四部长短篇小说:一九五一年的《麦田里的守望者》,一九五三年的《九故事》,一九六一年的《弗兰妮与祖伊》(*Franny and Zooey*),一九六三年的《抬高房梁,木匠们西摩:小传》(*Haise High the Roof Beam, Carpenters and Seymour, An Introduction*)。此后,他只于一九六五年在《纽约客》杂志中发表了一篇名叫"Hapworth 16,1924"的短篇小说。这四部书都在不断地再版中,从未绝版,因此即使只靠这些版税,塞林格也不必为生活发愁。他深居简出,以写作自娱,这多年来,一定积了很多的未发表的小说稿。出版商好像热锅上的蚂蚁一般地找他,吁求他多多发表。但他对出版商的书信往往置之不理。

某次他打破沉默,对《纽约时报》记者说:"我的写作只是为了自己的乐趣,发表了反而太惹人注意。我不想公众干扰我的私生活。"

这位遁世的文学怪才多年来在家中积聚的文稿,已成为美国文学宝藏。

一九八一年十二月九日

与金斯堡为邻

“垮掉的一代”诗人艾伦·金斯堡的逝世,令我意识到一个时代的告终。他活了七十岁,与我是同时代人物。我甚至可以说与他在同一文艺气氛中成长:我作为一个有兴趣的读者,他作为一个有特色、不断扬名的创作家。他长期居住纽约,我们可以算是大邻居;他住在东十三街靠第一大道,我住在东十九街靠第二大道。虽然他的邻区是穷苦无名艺人与作家集居地,但他并不以为意。他的后期盛名已令他脱离穷苦的牢笼(他于一九八五年出版的《诗集》畅销,把他归入主流作家队伍),但他仍愿与一些收入微薄的诗人与画家为伍。他始终没有摆脱落拓派气态,这是我对他敬重的原因之一。

有时我兴致来了,在一个星期日的晴空下午,会到东城下区(“圣马克斯地方”)去蹓跶。地区虽是嘈杂而不整洁,那里多的是青年勃勃的生气,来自外地与本城游客众多。画廊展出前卫派青年画家作品,餐馆各种各色(印度菜、中国菜、犹太菜、乌克兰菜、波兰菜、菲律宾菜……),价廉物美。就在这种场合中,我偶然会见到一个面貌熟悉的身影,在人群中徐步踯躅:秃顶、悬在后脑的长发、丰盛的胡须、厚厚的眼镜片、缺空的牙齿……他的衣饰随便,很可被人目为无家可归者(Homeless)。可是他有时被青年崇拜者包围, 兴趣一发就站在一个教堂前石阶上向众人诵诗。

他的波希米亚式的生活模式是著名的。他从不因享了盛名而具有对奢华生活的企望。他是个同性恋者,与他的“爱人”同居了四十余年。四十年代他是哥伦比亚大学学生,结识了后来以《在路上》一书著名的杰克·凯鲁亚克和后来以《裸体的午餐》著名的威廉·巴罗斯。他们的作品产生了所谓“垮掉的一代”。到了五十年代他的新诗《嚎叫》出世,当众朗诵,立时把他升为当时文艺界的传奇人物。就在那个时期, 我在布鲁克林高地的文艺界朋友家中开始认识了他与“垮掉的一代”的作品。

六十年代是美国社会最动荡的时代, 金斯堡的革命性诗作触动了青年男女的心弦。他与他们的反越战游行、黑人人权运动、社会习惯禁例的打破,造成大群人士吸毒与性自由的现象,他的同性恋秘密也在此时公露。不少“垮掉的一代”的诗人、作家因吸毒或酗酒过度而早逝。金斯堡是硕果仅存的一位,他的逝世表明了一个时代的结束。不过一九八五年出版的《诗集》使他跻身美国文学主流后,他已不再被目为旁门左道的诗人。

一九九七年四月二十五日

追忆嬉皮士文化首领
——“垮掉的一代”如何影响美国文学

在六十年代流行的所谓“对抗文化”(Counter Culture)时期的出名人物,于九十年代已销声匿迹,很少受人注意。但嬉皮士文化的始祖们的形象近来又在传媒界活跃起来。我所指的是《垮掉的一代》(*Beat Generation*)作者艾伦·金斯堡与威廉·巴罗斯去年的逝世表明“垮掉的一代”告终,一时成为传媒界纷纷纪念报道的材料。最近新出的一本杰克·凯鲁亚克的传记更引起我们这些曾在五十年代初尝“垮掉”作家滋味的人的怀旧思念。

《在路上》影响一代青年

凯鲁亚克的经典著作《在路上》系于一九五七年出版,

其间他经过六年在出版界被拒的挣扎，最后才找到一家勉强接受的书局。出版后的开始，评论都是温吞水似的并不热心。不过这样一本打破读书界禁例的新书立即找到共鸣的读者，在书店不胫而走。它不但影响了不少青年的生活方式，而且也大大地激发了同时代的作家与演艺者，作家中（虽然他们之间作风大不相同）受影响者有诺曼·梅勒、约翰·厄普代克、托马斯·品钦、罗伯特·斯通，甚至保守的托马斯·伍尔夫；演艺者中有歌星鲍勃·迪伦、吉姆·莫里森，影星杰克·尼科尔森、尼克·诺尔蒂等。这样一张名单很可表示了“垮掉的一代”（五十年代）于过去四十年来如何酿造了当代文艺界的气候。当然，“垮掉的一代”三始祖中还是以凯鲁亚克为首。

凯鲁亚克于一九六九年去世，年仅四十七岁。多年来曾有多部传记与回忆录问世。他自己曾写了详细日记，他生前不但具有不平常的记忆力，而且保存了所有信件与原稿，好像预知自己将来必会成名。他所遗留的日记本与笔记本共达一百二十册，维京（Viking）书局已拥有版权，将陆续编选出版。他的一部分书信集曾于一九九五年问世，有的曾在《纽约客》杂志出现。因此，这本新传记的出版只是凯鲁亚克形象复活的一部分。

新书名《隐藏地下的凯鲁亚克》(*Subterranean Kerouc*)作者名埃利斯·艾姆邦(Ellis Ambum),曾是凯鲁亚克生前最后一位编辑,虽然从未与凯鲁亚克会过面,但常在电话中讨论他的原稿。这部新书的材料很多取自电话与通信。

二战后局外人作家崛起

有关书籍与各项遗留的文件在读者脑中很可组成一个令人又兴奋又哀伤的动人故事。在五十年代的美国文艺界中,凯鲁亚克是个“局外人”,这些局外人包括了以黑人、犹太人、南方妇女、同性恋者、穷苦移民子弟为背景的作家,二次世界大战后的局势引起这些“局外人”作家的崛起,终而形成一阵特殊的文艺复兴现象。到了今日,这些“局外人”的作品已成为美国文学的一个正统流派。(多年前我曾写过一篇《金斯堡还俗》,表述这位落拓诗人如何因出了诗集畅销而致富。)

凯鲁亚克的父母是法裔加拿大人,他出生在麻省,到了五六岁时才初学英语,进了哥伦比亚大学后,与波希米亚生活方式者为伍,结识了金斯堡与巴罗斯,二度辍学,去旧金山、墨西哥城、巴黎、摩洛哥各地流浪，把生活经验当作写作材料。他在美国流浪的旅伴尼尔·卡沙迪就成为他作品中的主角。《在路上》于一九五一年完成，在出版前六年中，他也写了十余部见闻随笔，都遭书局拒绝。到了《在路上》与金斯堡的《嚎叫》诗集出版后，“垮掉的一代”一时成为读书界家喻户晓的名词。不过凯鲁亚克享受名誉的时间不长，在最后十年中，他与思想固执保守的母亲住在一起，与“垮掉”朋友们失却联系。他于一九六九年酗酒逝世，在逝世前数年他思想保守、憎恨以前所认同的社会底层“局外人”，他完全脱离了时尚思潮。他的最后一位编辑艾姆邦有时鼓励他，有时又质问他文句的组构，但是他的合同禁止编辑篡改他的作品。

凯鲁亚克的最后两部小说是《孤独天使》(*Desolation Angels*)与《杜鲁阿兹的虚荣》(*Vanity of Duluoz*)。艾姆邦在新传记中提及他编辑此二书的经验。《隐藏地下的凯鲁亚克》对他的作品做了新的解析，并再行发掘这位“垮掉”作家对美国文化的影响。

艾姆邦自称没有文学雄心，把“艰难工作留给学者们”。他的传记着重写凯鲁亚克生活隐藏的一面，指出他是个“憎恨同性恋”的同性恋者；他不但被酗酒与盛名所毁，而且也因自己的“不诚实”而苦恼。他对受到创作艺术与男性的吸引，颇有自疚感。这本自传打破了读者想象中所崇拜的偶像形象。

艾姆邦对凯鲁亚克以及这些“垮掉”作家似有两种矛盾的看法。他一面称扬他们的作品对美国文化的影响，另一面又批评他们的生活方式：同性共睡、互写你我、共同吸毒、摧毁别人，特别是女性。他写道：“‘垮掉’作家给予美国一种基于共享、自由、自发、仁爱的人类经验新视野。”但是当巴罗斯酗酒把妻子枪杀后，艾姆邦形容死者为“垮掉”作家摧毁女性的最好例证。

最后成为法西斯信徒

巴罗斯与金斯堡同样，从不掩饰自己的同性恋癖。不过出生于天主教家庭的凯鲁亚克则有所不同，他的父母是酗酒成性的蓝领工人阶级，在传统上鄙视同性恋者。在这方面，凯鲁亚克为同性吸引而感苦恼。他所保留一生的各种信件笔记之中竟有一个性伴侣名单，记录了他与男女性伴侣的所有性经验的次数，这些人物有的出现在他的作品中。大体而言,凯鲁亚克在他最后十年中思想变为极度保守,他不但憎恨同性恋者,也憎恨黑人与犹太人,成为一个法西斯主义信徒。早在一九四八年,他在给他的挚友尼尔·卡沙迪的信中就提及他唯恐未来会被人目为"Queer"(同性恋者的蔑称)。在艾姆邦笔下,他的担忧成为事实,艾姆邦不但指他是个虚伪的同性恋者,也指他是虚伪的种族主义者,他虽然歧视黑人,但并不抵拒与黑人(男或女)同床的机会。

其实凯鲁亚克只不过是位自我摧残的天才作家,他坚持自己创作的完整,绝对不让编辑更改;在性格上,他没有金斯堡、巴罗斯那种自恃,凡是遇见过他的其他作家,如诺曼·梅勒、戈尔·维达尔等都喜爱他的"温和"性格。维达尔(也是同性恋者)认为他具有"动物似的魅力"。

凯鲁亚克在文学上的最大贡献是他帮助其他作家解脱了传统的束缚,自由奔放不受拘束地创作。他的写作是自发性的,他将战后美国文化范围裂开扩大。"垮掉"作家的波希米亚式文学虽已不流行,但是它通过吸毒、性自由和其他落拓不羁方式所形成的趋势已成为今日美国生活的一部分。

一九九八年九月十二日

萨特偷取德·波娃思想?
——学者考查存在主义根源

法国存在主义哲学家萨特去世后的几本传记揭露了他的真正性格,我前已曾数度提及。我们所奇者是他的女伴在法国文坛占有同样崇高地位的西蒙·德·波娃为何甘愿犹如女奴似的替他服务。在萨特跟前,她有一种自卑感,曾在自传中写有这么一句:“我不认为自己是个哲学家。”在一般读者心中,这位现代女权主义始祖、《第二性》的作者,只不过是萨特的门徒或助手。

不过近来有一批哲学家与学者在发现了一些以前未曾发表的日记与书信后得出一个结论:德·波娃不但是位有创见的哲学家,而且极度影响了萨特的思维。这些学者正在努力重建德·波娃的声誉。德·波娃声誉的崛起当然意味萨特声誉的再度低落。

在今年出版的《德·波娃与〈第二性〉:女权主义、种族,与存在主义来源》一书将讨论德·波娃哲学思想的独创性。作者名为玛格丽特·西蒙斯(Margaret Simmons),乃是南伊利诺大学哲学教授,认为存在主义的根源是德·波娃的脑筋。一本一九九〇年的传记(作者名 Diedre Bair)提及,同时代的哲学家也以为,把萨特与德·波娃相比,其实后者才是"真正的哲学家"。可是德·波娃一直自称只不过是萨特的门徒,直到她于一九八六年去世。

这两位法国文坛巨人之间的五十年关系以及德·波娃甘愿自居为次的谦卑,一向令人纳闷。她虽然是现代女权主义创始人,可是她的服侍萨特的殷勤,可使今日的青年妇女寒心:她替他当车夫,替他誊稿看稿,陪他旅行,陪他睡觉,甚至替他找寻女伴过夜。这情事被传记透露后,国际读书界对萨特起了一阵鄙视,可是他们仍不懂德·波娃的自贬心理。

据西蒙斯教授说,她是在德·波娃未发表的日记中发现她的哲学创见的。一九二七年一月十日那天,德·波娃还是一个十九岁的学生(初遇萨特两年之前),她在日记中写道:"我必须重温我的哲学观念……更深入地研究引起我兴趣的问题……主题总是'自我'(Self)以及我开始生存时所感到的'他者'(Other)。"

西蒙斯教授相信,早在德·波娃遇到萨特之前,她已种下存在主义观念的初苗,种子其实早已下在德·波娃脑中。

另有一本英国学者福尔布鲁克夫妇(Edward & Kate Fullbrook)所著新书《西蒙·德·波娃评介》也谓:“法国存在主义最具影响力期间的一些观念,其智力来源乃是德·波娃,而不是萨特。”这本新书所采用的材料包括萨特战时日记与德·波娃来信。据说萨特在写著名的《存在与虚无》之前曾读了德·波娃的早期小说《女客》(*L'Invitée*)原稿。这本原稿中的观念被萨特偷袭。

此项论争就在哲学界造成“鸡与鸡蛋孰早”的疑问。

一九九九年将是《第二性》出版五十周年纪念,国际女权主义者准备集会讨论。自从近年出版的传记把萨特与德·波娃间不平常关系揭露后,许多女性愤愤不平,对《第二性》作者甘心服帖萨特的行为失望。她们一向以为德·波娃过的是“完美的女权主义者的生活”,现在甚至对女权主义观念起疑。不过学者们的新发现,也许可恢复德·波娃一部分声誉。

一九九九年一月十一日

文人相轻，中外皆然

——大作家笔战化为恶意谩骂

英国朋友寄来几份近期出版的《卫报》，让我有机会读到近来轰动英国文坛的一场大作家的笔战，其笔调尖刻辛辣的程度令我忆起当年鲁迅的笔战。由于这两位进行笔战者都是名扬国际的作家，我相信他们之间恶言相对所引发的读者兴趣是世界性的，因此我要在这里做报道，与英国地区以外的文学爱好者共飨。

在擂台上，这边是以冷战时期间谍小说(《寒风孤谍》、《俄罗斯大厦》等)著名的畅销作家约翰·勒卡雷，那边是以《撒旦诗篇》触犯了伊斯兰教信徒的萨尔曼·拉什迪。《卫报》发表的互相攻击的文章越来越成为无礼的谩骂。拉什迪称呼勒卡雷为“不学无术、浮夸自负的笨蛋”，勒卡雷的答复是，拉什迪“傲慢自大、自命圣人”，只顾销书增加版税收入而不顾书店职员的人身安全。

《卫报》在读者来信栏中划出篇幅来让这两位文坛名将大打出手。开端是勒卡雷答复《纽约时报》一篇书评所引起的,他抱怨说,美国的“政治上正确”的风气促成一位书评家指他为“反犹”。拉什迪读了之后向《卫报》致函,批评勒卡雷为何对他的厄运毫不关心。(按,拉什迪的《撒旦诗篇》曾被伊朗已故的宗教领袖霍梅尼指为侮辱伊斯兰教,悬赏要拉什迪的首级。)

勒卡雷对书评的回应原是在英国一个同情以色列的团体中发表的演说,内容在一九九七年十一月十五日的《卫报》上发表。他的抱怨对象是一九九六年《纽约时报》对他的新书《巴拿马裁缝》的书评。书评大致是赞扬的,但其中有一段怀疑小说作者有批评犹太人之嫌。勒卡雷指书评作者太不公平,否认自己是反犹主义者。

拉什迪于是致函《卫报》道,他不能对勒卡雷表同情,因为勒卡雷自己在较早时“曾热心参加一个诽谤中伤同行作家的运动”。这指的是勒卡雷曾与一批英国作家共同吁请拉什迪不要出版《撒旦诗篇》平装本,以免书店职员受到暗杀伤害的威胁。拉什迪信中说:“一九八九年,正在伊斯兰教积极攻击《撒旦诗篇》之时,勒卡雷竟写文章,热心而浮夸自负地与攻击我的人士为伍。”他又说,“现在勒卡雷自己也受人指摘,他应更了解'思想警察'的本性。"

次日勒卡雷回函反驳,称拉什迪"傲慢"、"殖民主义者"、"自以为有道德",否认他曾攻击过拉什迪,"不过拉什迪并非'完全清白';侮辱一个伟大的宗教,当然免不得受到责罚。"他说他当初吁请拉什迪不要出版平装本,因他"关心的不是拉什迪的版税,而是企鹅书店女职员的安全,唯恐她们在收发室中炸断双手。"

次日的《卫报》又载了拉什迪的答复:"我要谢谢勒卡雷提醒我们记忆中他是个如何浮夸自负的笨蛋!"

勒卡雷的回答:拉什迪的信"卑鄙邪恶",高高坐在"王座"上宣称任何怀疑他的用意者乃是"愚昧无知、浮夸自负的半文盲"。他说拉什迪的信应让"所有英国中学生必读,作为看来好似自由言论,实际乃是文化偏执的榜样。"

拉什迪的答复:"勒卡雷似乎以为我不要他继续骂我。我要告诉他,我毫不在意。他每次开口,就自掘越深。继续掘吧,约翰,继续掘吧。至于我,我要回到我的工作去了。"

这两位作家的笔战怎么会达到如此恶意谩骂的程度呢?这里是一些历史背景:一九八九年十月,英国《独立报》邀请正在隐藏处深居简出的拉什迪写篇勒卡雷新作《俄罗斯大厦》的书评。他所寄来的书评讥讽勒卡雷要冒充严肃作家,其实只不过是个畅销成功的流行作家而已。文人相轻所引起的恶感种子由此而生。

《纽约时报》的《巴拿马裁缝》书评于一九九六年十月发表。书评作者名为诺曼·鲁修,也是一小说家。他把此书赞扬为“重要作品”,不过指出作者将小说主要角色(犹太人)描绘为“文学作品中的又一个犹大化身”。勒卡雷乃指这篇书评攻击他反犹。他说,这种风气无疑来自“‘政治上正确’的沉闷压抑气氛,等于是倒过来的麦卡锡主义”。朋友们劝他不去理会,但是他还是写了封长信反驳,在一九九六年十一月三日第一期的《纽约时报书评周刊》上发表。(鲁修则否认他指勒卡雷为“反犹”。)

两位英国作家的笔战波及到大西洋彼岸。美国作家威廉·萧克洛斯自称是该二人之友,但他批评拉什迪态度“蛮横”,身上带有“自居胜利、自命正经的伪善臭味”。

《卫报》编辑问拉什迪要不要作答,拉什迪道:“如果勒卡雷要他的朋友代他诉怨,由他去,我已无话可说。”

最具辛辣味的评论来自英国讽刺周刊《私家侦探》主编。他说:“我对此二人都无好评。他们互相谩骂,最好的解决办法是坐下来合作写一本书。”

一九九七年十一月二十八日

一个字母的差别
——诺贝尔作家辛格的离奇故事

“诺贝尔”(Nobel)是人名,国际闻名的诺贝尔奖创始人的姓;“诺布尔”(Noble) 是个常用的英文形容词, 意谓“贵族的,显贵的,崇高的”。一个字母排列的错误造成美国文坛上一件小小的纠纷。错字刻在一九七八年诺贝尔文学奖获得者的大理石墓碑上:“此间躺了诺贝尔作家艾萨克·辛格”变成为“此间躺了贵族作家艾萨克·辛格”。他的许多文坛朋友认为这是残忍的侮辱, 但也有人认为这种喜剧性的荒诞恐会受到这位大作家本人的欣赏。至于他的遗孀却毫不在意。这位以意第绪语写作的犹太裔作家系于一九九一年逝世,墓碑系建立于一九九二年。错字终于最近纠正,乃又成为一件文坛新闻。它的情节如一个典型的、辛格所写的短篇故事。

辛格本人的生活也充满离奇的因素。他的儿子在一本愤怒的传记中把喜好女色的父亲形容为“犹太卡萨诺瓦”(casa Nova，乃十九世纪意大利声名狼藉的风流人物)。富含讽刺意味的是,辛格的葬地隔开三个墓碑便是情敌瓦塞门的葬地。辛格当年把瓦塞门发妻亚尔玛诱奸,据为己有,成为他的第二任妻子。辛格夫人于一九九六年逝世,葬在辛格之旁,即在前夫与后夫遗体之间。如果这是辛格的小说，我们可以想象两位丈夫在死后还是怒目相对。

墓碑上字母的拼错，乃是于一九九二年夏在墓地揭幕典礼时所发现。辛格生前的出版家老友罗杰·斯特劳斯惊慌不已,立即向辛格夫人耳语道:“太糟了,我们该怎么办?”辛格夫人答道,“贵族的”代替了“诺贝尔”,她可接受。

故事其实开始于六十年前的纽约州犹太人齐集的避暑山庄中,当时亚尔玛年三十左右,风姿绰约,乃是出生在德国的难民,嫁与富商瓦塞门,生有两个孩子。一九三七年夏，他们举家自纽约赴山庄度假。辛格那时是三十三岁，也是一个逃避纳粹的难民（他的父亲是波兰犹太牧师),居住在附近,与亚尔玛一见钟情,不久二人就在纽约发生暧昧关系。一九四〇年亚尔玛离家出走,抛下六岁与十岁的一双儿女,转嫁辛格。

亚尔玛后来告《辛格传》作者谓:“我当时只觉得非与他共同生活不可,不得不放弃婚姻与儿女。这是一个非常困难、非常可怕的决定。”她的女儿英格在长大后从不宽恕她。瓦塞门一生郁郁不乐,于一九六四年逝世,英格在那墓地买了四块葬穴,将父亲葬在那里。她自己于一九九〇年(年六十岁)去世,也就葬在同处。到了那时,亚尔玛嫁与辛格已五十年,在女儿患病期间从不前去探视,英格乃由邻居范哥尔德夫人照顾。

次年辛格逝世,亚尔玛向范哥尔德夫人询问可在何处找个葬地,并在隔邻留块地皮给她自己。范哥尔德夫人后来告人谓:“她说她要尽可能把自己葬在英格附近。她对她女儿深感自疚。”结果便是瓦塞门、英格、辛格、亚尔玛都被葬在一起。

辛格长子以色列·扎米尔 (辛格青年时在波兰所遗的私生子)对父亲极为蔑视,年前曾出版一部名叫《访父旅程》的回忆录,把这位诺贝尔奖作家形容为向女人动手动脚、不可自制的老色鬼(他的女秘书如在今日可以控告雇主“性骚扰”)。他在书中称那墓地是个“被神所遗弃的、荒凉无人的地方”,他以为辛格应该葬在以色列国,他的墓地便会成为读者们的朝圣地。

墓碑上(及两块小石碑)的“Nobel”一字拼错为“Noble”被发现后,辛格夫人曾向墓碑刻字公司控诉,公司经理找到亚尔玛签了名的书面指示,上面所写的果然是“Noble”。经理向她指出错误后,辛格夫人仍“命令照办”。

小石碑上的错字终于一九九三年六月纠正,费用四百三十元由辛格家属负担。但是大墓碑上的错字仍使家属不安。辛格的后裔与瓦塞门的后裔(即亚尔玛儿孙)起了争执。最终还是私生子扎米尔承担刻字纠正费用六百二十五元。“贵族的作家”终于最近复原为“诺贝尔作家”。

一九九八年四月一日

艾略特的反犹太偏见

众所周知，国际著名诗人之中，意裔美籍的埃兹拉·庞德乃是法西斯主义者、拥护墨索里尼的信徒，曾在第二次世界大战时替意大利做宣传。当时消息传来，颇在英美文坛引起一阵震惊。现在传说英国(也是美籍)名诗人 T.S.艾略特生前也是一位歧视犹太人的种族主义者。这在庆祝艾略特一百周年诞辰之时，颇使他的崇拜者难以接受。

这个争论起源于去年在伦敦出版的《犹太纪事》周刊。伦敦图书馆筹办一项“T.S.艾略特诞生百周年纪念基金”，英国几位著名的犹太学者也参加了，引起对这份周刊的攻击。近来，伦敦时报文学副刊摘载了波士顿大学教授克立斯托弗·瑞克斯(Christopher Ricks)所著《T.S.艾略特与偏见》一书的片段，又引起了读者纷纷投书争论。瑞克斯的书定于九月由加州大学出版社出版。

瑞克斯曾在书中引据艾略特的诗句，证明他对犹太民族的蔑视。特别使人愤慨的乃是艾略特于一九三三年在弗吉尼亚大学所发表的演说。艾略特在这篇演讲词中论及社会传统与稳定的重要，其中有言："一个地方的人口应该是同一种族的。两个不同文化在同一地方存在，结果会引起的不是相互竞争、便是掺假混杂。更重要的是宗教背景的一致性。把这两个种族与宗教的理由合起来看，"一大群自由思想的犹太人便不受欢迎"。这篇演讲词当时曾刊印，但是后来艾略特拒绝再版，自称那不过是当时心神不正常时的意见。

瑞克斯在书中分析道，艾略特这种偏见所引起的辩护者可分为三个范畴。一是文学批评家爱德蒙德·威尔逊的立场："艾略特反犹太关系是一件事，他的诗作则是另一件事。"这样的看法似太简单一些，艾略特的成见常在诗句中出现，此外，他的偏见无疑受了他的保守政治观念与正统基督教义的影响。

第二种是以传记性的观点出发。这些辩护者说，艾略特在私人生活中并不反犹太，他有犹太朋友，而他也支持"自由思想"的犹太知识分子。

第三种是以历史的观点出发。这些学者指出，在二十年代,英国社会中歧视犹太人的态度是很普遍的。在纳粹德国暴行发生之前，反犹太言论仍被社会所接受。《一九八四》作者乔治·奥威尔于一九四八年曾说:“当然,你可在他早期作品中找到反犹太字句,但是在那时期,谁不说这种话？我们必须分清一九三四年之前之后的言论。”

在细细分析之下,奥威尔这段话就有破绽。一、这种流行的反犹太态度显然助长了希特勒的号召力。二、犹太人被纳粹屠杀的消息传遍世界后,艾略特为何默默无言？他的诗作在战后的重印本中，并未删去侮辱犹太人的字句。

艾略特的朋友庞德对自己法西斯主义的信仰似也并不表示后悔。不过某次他曾对犹太裔诗人艾伦·金斯堡说过,“我所犯的最大过错就是愚蠢的反犹太偏见。”这样轻描淡写的宣言,并不表示他的思想上有基本转变。

一九八八年出版的庞德传记中,作者汉弗莱·卡彭特(Humphrey Carpenter)指出,庞德在后期生活中的政治意识形态毫无转移，虽然，有一时期他曾在精神病院中疗养。

在诗的艺术上，艾略特与庞德都是有极度成就的艺术家。在这个以荣誉、金钱、社会地位报答艺术家成就的社会中，他们在人道主义方面的缺陷，至少使我这个读者难以接受。

一九八九年十二月十日

以嘲笑挖苦当权者为己任

——达里奥·福获诺贝尔奖

今年诺贝尔文学奖的宣布比去年晚了一个星期，十月九日晚上，讯息传来，恰好有位意大利裔朋友来访，令我对获奖的意大利讽刺剧作家达里奥·福(Dario Fo)有了更深刻的认识。这位剧作家兼演员以嘲弄社会与讽刺政治现状闻名。他的获奖令意大利文坛震惊不已，令梵蒂冈非常沮丧。对天主教当权者的嘲笑是他的拿手好戏。

中古时代的弄臣

瑞典皇家学院在宣布此项世界最具声望的文学奖(今年奖金约值百万美金)时，把这位七十一岁的艺人相比于“中古时代的弄臣”(Jesters of the Middle Ages)，正如当时帝王膝前宠丑，他以机智、傲慢不敬、滑稽幽默来取笑权威，同时也“维持了受压迫者的尊严”。

达里奥·福于一九六九年所写、自导自演的《喜剧的奥秘》(*Mistro Buffo*)，到了一九八六年才初次搬到纽约来上演。那是我初次见识他的作品与演技，他的作风相近于欧洲中世纪行吟诗人，他的讽刺对象不脱宗教与政治，他的独白往往含有双关意义，观众要稍微思索一下才恍然大悟而发笑(戏院提供翻译的听筒)。他的动作完全是像马戏团丑角一样夸张。

他的讽刺对象常是天主教当局，因此梵蒂冈官方报纸对他得奖不但表示惊愕，而且责怪瑞典皇家学院此举“令人难以想象”。他早年就加入意大利共产党。八十年代初期，他与妻子被美国政府拒绝入境，因为当时移民局规例不准共产党员进入美国。文艺界人士大哗，报纸竞相登载此项新闻，达里奥·福后来曾借里根总统帮助他成名。但是在世界舆论压力下，国务院终于二度开例颁发入境证，福氏夫妇先于一九八四年到纽约百老汇演出他于一九七〇年所写的《一个无政府主义者的意外死亡》。可是此剧虽曾在意大利与英国卖座，在纽约则未引起盛大注意。后来一九八六年在纽约的《喜剧的奥秘》演出则是在百老汇之外的小剧院中。(美国移民法律于一九九〇年更改后,像福氏那种身份来美便不受限制。)

意大利文坛与剧坛惊愕

福氏于一九六二年开始即因他的演出内容而遭意大利电视禁映。他的政治思想越来越激烈,直到一九七七年他才重返电视,播映《喜剧的奥秘》,梵蒂冈称呼此剧是"电视有史以来最渎神的节目"。到了一九八九年,他写了一出《教皇与女巫》,形容教皇在一记者招待会中把圣彼得广场上的儿童集会误认为支持堕胎者而加以抗议。此剧曾于一九九二年在旧金山演出,引致美国反堕胎者的怒火。

达里奥·福在意大利最出风头的时期是七十年代。当时观众与读者不是对他十分爱戴就是把他恨之入骨。他把意大利的红白绿三色国旗指为官方用来掩蔽"偷窃、私人利益与无辜者的鲜血"的布条。

瑞典佳讯传来之时,福氏恰在驾车赴罗马途中。记者追踪问他的感受,他说他能"与贝克特和皮兰德娄为伍",当然很高兴。两星期前他曾听说自己被提名,但没有期望中奖。整个意大利的文艺界与剧坛也同样惊愕。保守派评论家特别愤愤不平。我犹记得大江健三郎于一九九四年获奖时所受的揶揄。西班牙的塞拉于一九八九年获奖时也曾受到批评，专家认为他于五十年代中期开始就没有重要作品面世。此外，英国作家威廉·戈尔丁在一九八三年的荣誉也受人指摘。一九三二年赛珍珠因《大地》一书而获奖,更引起世界惊讶与批评。

不过这类批评是难免的。例如,近来常有人以为瑞典皇家学院忽视了亚洲、非洲和女性作家。大江健三郎、索因卡(尼日利亚)、戈迪默(南非)近年的得奖是否受这类批评的影响？瑞典报纸传说，达里奥·福的中选经过了一番波折。皇家学院十八名委员中至少须有十二名支持才能中选,而福氏所得不过十三票。

达里奥·福向记者们这样形容自己:“在文化上，我一向是普罗阶级。我与工人、渔夫、走私者的儿孙们生活在一起。他们所说的故事讽刺了权威当局、中产阶级、戴了面具的教师们、律师们、政客们的伪善,我天生就对政治有兴趣。”

他于一九五三年结婚，妻子名弗兰卡·拉梅(Franca Rama),也是演员。他们曾合作写了一出甚具女权主义色彩的讽刺剧《床、伙食、教堂》,由他单独演出。《一个无政府主义者的意外死亡》是他最出名的作品,有多国文字翻译,故事依据一九六九年一桩实事：一个青年无政府主义者在米兰受警方质询,疑他用炸弹做政治表现,他从四楼跌下死亡,官方称此是意外,意大利左翼人士则认为他是被警方谋杀。

对所有政党权贵一视同仁

福氏的其他剧本包括一九七四年的《不能付,不愿付》,形容家庭主妇们对资本主义高价的抗议。一九八三年的《向后转》,想象了意大利富有资本家的绑架。他的最近作品《拥有乳房的魔鬼》,今年八月在西西里岛初演,剧情是文艺复兴时期的一个法官与受魔鬼魅迷的妇女间的关系。

瑞典皇家学院所宣布的颂辞中有谓:“他融合了嬉笑与庄严，打开眼睛，让人看出了社会上的迫害与不公平……达里奥·福是一位拥有多面性著作的极为严肃的讽刺家。”

达里奥·福则自称他的作品“专注于奚落、嬉笑、挖苦、冷嘲与怪诞”。他一共写过七十余出喜剧，都是丑角似的向社会开玩笑。他的嘲弄对象包括“恐怖分子、教皇、富豪以及任何国家元首”。一九八四年他初次访美，接受记者采访谓：“我常攻击美国政治，但是并不是攻击美国。我对任何国家的当权人物都予批评。”他的讽刺资本主义的剧本《不能付，不愿付》曾于一九八〇年在纽约百老汇以外的剧院演出，相当轰动，剧情是家庭主妇因物价高涨，在一超级市场一起“罢付”，造成米兰全市商业活动停滞。一九九三年时，他与妻子共同作文，攻击意大利政治的腐败，在《纽约时报》星期日杂志发表。他们当时高声疾呼的痛快语声，我今日尚存有一些印象。

达里奥·福的可爱处是在他对所有权威人物（梵蒂冈教皇、英国女王、美国总统、其他各国元首以及富有资本家）都一视同仁。他的反对当权者与反对官僚腐化的态度也延及意大利共产党。他初度加入意共就是因为出于对现实社会的不满，可是意共高干的自大与腐败终而造成他的退党。无党无派后他一身清高，更可自由进行他对所有政治党派的批评与讽刺，他的气质令我想起我们自己的伟大讽刺家鲁迅。

一九九七年十月十日

卡波蒂生活的三幕悲剧

——乔治·普林姆顿的口述回忆录

《巴黎评论》主编乔治·普林姆顿新作《杜鲁门·卡波蒂》传记书名有一个很长的副题:“在此书中,各种朋友、仇敌、相识者、毁谤者回忆他的骚乱的生涯”。《巴黎评论》是一本美国年代已久、受人尊崇的文学杂志,作为创刊人的普林姆顿在美国文学圈子中是位交际极广、相识众多的人物。《杜鲁门·卡波蒂》是一部口述的回忆录,为了著作此书,普林姆顿曾花了十年工夫,访问了一百二十余名卡波蒂生前的相识者。以他在文坛的地位,这样的任务他最胜任。他是卡波蒂的朋友,共同的相识者也多。《杜鲁门·卡波蒂》不是一本传统性的传记,而是一部从各种角度(爱慕、憎嫌、颂扬、讽刺)描述的漫散、零碎的印象与回忆,有的风趣,有的挖苦,把卡波蒂的小气、虚荣、势利、爱夸张、爱撒谎的性格完全表达出来了。

十六年前，我应邀替《巴黎评论》写一篇谈论中国文坛现状的文章(并译介了董乐山的短篇小说《傅正叶教授的颠倒世界》)，曾与普林姆顿相谈。日前又在纽约巴恩斯与诺布尔书店与他相遇，我们都苍老了不少，他当然不认识我了。书店邀他演讲诵读新书，我不过是听众之一。他的演讲令我重温了卡波蒂的生涯。这样一位天才作家(不管他的虚荣势利的脾气)的早逝(他于一九八四年逝世，享年六十岁)乃是美国文坛的损失。不过他的吸毒、酗酒、奉承权贵，而最后终因出卖友情而被富有的朋友抛弃，导致心情抑郁的种种情况都是造成他早逝的因素。那可还不是他自己的过失。他是公认的同性恋者，从未结婚。他自幼母亲自杀由继父领养，十余岁时独自从南方前来纽约打天下。他曾在《纽约客》杂志当过学徒，二十四岁时(一九四八年)他出版了第一本小说《别的声音，别的房间》，立时一炮打响，与同年出版了《裸者与死者》的诺曼·梅勒齐名。那是他的生活戏剧第一幕的黄金时代。十年后他写了《蒂凡尼的早餐》，由好莱坞购去拍摄为电影，他的名气更是大扬。

戏剧第二幕是一九六六年《冷血》的出世。那是他的所谓“非虚构小说”文学形式的创始。《冷血》(或译《蓄意杀人》)是讲述两个恶徒在中西部农舍打劫,残酷杀死农夫一家四口的故事。杀人者被捕受审后在死囚牢中等待死刑处决,卡波蒂前往访问,根据囚犯的谈话录音,以小说方式戏剧性写出这出杀人悲剧的实况。"非虚构小说"这个名称从此成为文学作品中的类型(诺曼·梅勒后来也写过一部同样手法的《刽子手之歌》)。在此期间,由于他的文名,他也涉入了纽约高等社交界生活,与富有阶层的以美貌著名的贵妇人为伍。他是公认的同性恋者,因此那些名女人的丈夫并不在意。一九六六年他在纽约的广场大饭店举行了著名的"黑白舞会"(与会者的服饰必须是黑色或白色),庆祝新书的出版。那时恰是越战造成争论纷纷的时期,"黑白舞会"的奢侈曾引起舆论界的批评。可是卡波蒂是个自我纵容的怪僻人物。他自夸具有如此吸引力,无论男女,包括影星埃洛尔·夫林、嘉宝、诺贝尔作家加缪都不能抵拒。他甚至说他的魅力足可引诱诺曼·梅勒。可奇的是他这种大言不惭的口吻只是引起了戈尔·维达尔的蔑视,而维达尔也是个公认的同性恋者。他说卡波蒂是位撒谎大家,他的谎话会伤害别人。

这就引到他的生活悲剧的第三幕。"黑白舞会"的成功造成他在纽约社交界的趾高气扬的傲态。他自称,既是作家，他便可不受拘束地描写他的社交界朋友。他替他未完成的（影射这些名女人的）小说起名为《应了愿的祈祷》（*Answered Prayers*），于七十年代开始，他把这部小说的片段故事陆续在《君子杂志》上发表。第一篇名为 *Mojave*，发表后没有引起风波，第二篇名 *La Côte Basque*，*1965*，把这些影射的名女人的缺陷、弱点与各种隐私（例如哪个整过容，哪个做过丰乳手术）都揭露出来。对这些社交界富有的美妇人而言，卡波蒂的地位犹如宫廷中的弄臣宠物。他靠社交界的交往来充实自己的生活。他的写作冒犯了他的赐恩人，他的文笔口吻的讽刺刻薄虽然刺激了一般读者的胃口，却触怒了那些被影射的绅士淑女。从此社交界联合起来给他吃闭门羹，卡波蒂突然发现自己孤苦伶仃，没有朋友，郁郁不乐，终因酗酒吸毒而病死。

卡波蒂整个生活好似是场儿戏。有人要在《应了愿的祈祷》中找个解答，但是卡波蒂在他后期生活中从未再有此书稿的篇章发表。知悉文坛内情者言，不是他将书稿烧毁，就是他根本没有完成。卡波蒂的初期小说采用自传性资料，除了《冷血》以外，后期写的多是社交界生活。吃了闭门羹后，他没有写作资料。没有社会意识，他的生活经验是极为贫乏的。

乔治·普林姆顿的新书虽然是零星的回忆片段，却立体地勾画了卡波蒂的性格：他的自大，他的虚荣，他的夸张，他的谎言，他的自己信以为真的想象力。这本书中的引语都是出于一百余名在卡波蒂生前与他相识人士之口。这一百多人中，有电影明星、著名作家、社交界名媛、出版商与书局编辑。在他们口述形容下，卡波蒂是个被人嘲笑的怪僻人物，甚至普林姆顿的朗诵也引起听众满场大笑。一位享有如此盛名的作家，死后遭人鄙视取笑。我要再问：这是不是他自己的过失？

一九九八年七月

冯内古特的最后(?)著作

纽约连锁大书店巴恩斯与诺布尔（Bames & Noble）的一项招徕顾客的噱头是经常举行新书作者签名朗诵会。它的总店恰在我家附近的工会广场,因此我常有机会去参与那些不必花费分文的文化娱乐节目。不久前一个星期一晚上的主讲人是著名作家库尔持·冯内古特(Kort Vonnegut),庆祝他的新作《时震》(*Time Quake*)的出版。节目的开始是七时半,到了六时,书店前已排了长龙,等待演讲室(其实是咖啡室的一个大角落)开门纳人。这种电影明星式的号召力在作家中是少见的。年过七十的冯内古特谦虚得很,不信自己作品有这样的魅力。十余年前我曾在一个文艺酒会中与他相谈。那时作家们对新中国都有一种异常的神往。他希望能够获得中国作家协会的邀请,但是官方繁文缛节的拖延没有使他的梦实现，在我至今遗憾自己没有尽责到底。

他已不再认识我了,我们都苍老了不少。在书店那个朗诵会中,我只不过是数百听众之一。他说《时震》是他最后一本著作,此后他将搁笔退休。他一共已写了十九部书,你可看出他的心情像舒了一口气后的松弛。冯内古特的写作生涯一直持续了四十五年。他的富含讽刺的黑色幽默、他的非战主义者的理想,将在读者头脑中永存。他是六十年代青年理想主义(反越战、人权、女权)的重要语声。那时高中与大学的英文课程教材都包括他的作品。六十年代,冯内古特在青年读者之间甚至比诺曼·梅勒与约翰·厄普代克更为风行。整个一代的少年把他当作现代的马克·吐温看待。为了应付少年读者的需求,书局甚至发行了一部《冯内古特百科全书》,厚达六百九十三页,列述冯内古特小说中各种人物的相互关系与情节。他的所有作品都未绝版。

一九五二年的处女作《自动钢琴》(*Player Piano*)起初未受评论家与读者注意。他最受评论家赞扬的作品当然是一九六九年的《五号屠场》,(*Slaugtiter House Five*)。这本形容大战时盟军轰炸德国城市德累斯顿的故事当初被目为科幻小说, 后来才被评论家发现具有非战主义哲学的深意。一九九○年的《咒语》(*Hocus Pocos*)没有受到佳评,可是最近出版的《时震》却又引起文学界的注意。这是一部混合了自传回忆的小说,冯内古特好像替他的整个写作生涯做了一个结束。

作家的生活没有工作上班时间的限制,他住在曼哈顿,半年的时间花在长岛郊外,他的伴侣是摄影家琪儿·克勒曼兹(几乎所有冯内古特的宣传照都由琪儿所摄),可是他的美满的生活不能祛除精神低调的侵袭。他自幼即有这种抑郁症。成为作家后,他对自己初期作品所遭遇的冷待特别觉得愤愤。评论家当时把他的作品归为科幻小说,不屑一顾。他的深具讽刺的内涵到后来才被人欣赏。他是一个善心的讽刺家;他也是一个相信人类的愤世嫉俗者。他的机智属于自我讥嘲的一类,他常自嘲:作家的名气又怎么可与电影明星相比?

七十四岁的他仍有吸烟的习惯。他的想法是,他的父亲长命,这与吸烟又有什么相干?可是他已到了经常想到死亡的时刻。他的作家朋友如杜鲁门·卡波蒂、詹姆斯·琼斯、欧文·肖等都已去世。他在第二次世界大战时期德累斯顿的战俘营中的难友也已逐一逝世。(《五号屠场》的故事就是根据他在战俘营中的感触。)他在《时震》中写道,哥哥伯纳是个“可爱、和婉、可笑、极为聪慧的怪僻老头儿”，也已于今年四月去世，“令我感到一些孤寂”。

《时震》的写作过程相当艰难。它以虚构的小说形式开始，想象力的奔驰又促使作者借助于实际生活的回忆。数年前他原已把小说完稿，重读一下，觉得不甚理想，又全部改写，渗入了自传的成分与个人的沉思。在一些对他作品不熟的读者眼中，《时震》的情节似艰涩难懂。小说的背景是美国文艺学会与一个名叫 Xanadu 的文艺家专心创作的夏令聚居地(Writer's Colony)，他在同时称扬与讽刺写作生活。《时震》把虚构与非虚构联系在一起，作者的技巧是在于将小说与事实组到天衣无缝的地步：作家的生活与作家的想象力之间关系的完整。一部分自传材料曾在一九九四年的《命运恶于死亡》中出现。他在书中所描写的第一任妻子与哥哥、姊姊(都已去世)片段，充满了美丽、尖锐、指摘，而又具有深爱的文字。

冯内古特到了生活的后期，自然而然地在他最后一部著作中回忆起一生的痛楚：他的母亲是自杀的(她一心一意只想着社会地位与金钱)；他的第一任妻子所生的儿子曾染吸毒恶习，但终而改正成为儿科医生。冯内古特相信在一个理想的社会中，人人都应有具有意义的工作、赚足够的薪资。进入老年后,他对世界前途的瞻望还是乐观的。

从这部半自传性的小说中，我们也可看出这位老作家的生活情况。除了他与琪儿所生的十三岁女儿以外,他另有前妻所生的三位成年儿女。他又收养了姐姐的三个儿女(都已成年)。他在《时震》的篇页上这么描容姐姐与姐夫的死亡:“亚丽的丈夫吉姆·亚当斯，确是在亚丽死于医院的前两天因所乘火车过吊桥坠河而亡。事实较虚构更为奇异！”

老年的冯内古特对新的科技发明已觉落后，他对电脑敬而远之,写作所用的仍是一具老式电动打字机。《时震》只不过短短的二百一十九页,有的书评者以为这么薄薄的一本书难以使读者满足。可是我记得每读他的小说(我没有看过所有十九部作品)时,第一个印象总是觉得不够重量,只是在重读时才发现浮面背后的哲理。以他最著名的《五号屠场》为例,主角在德累斯顿遭盟军轰炸(他在战俘营)后生还,回到纽约州故乡,被外星人劫持。他在星球之间及过去与未来之间旅行,重新体验战时经历。初读时它只不过是部科学小说，重读后才了解非战主义作者所要道出的人生哲理。虽说《时震》是冯内古特的最后一部著作，但据报载，近来戴安娜王妃惨死悲剧又在勾起他的想象。

我不知他的作品中有多少部已被译为中文（除了一九六九年的《五号屠场》与一九七九年的《囚鸟》之外），下面所列的一些作品用英文原名：一九五九年的 *The Sirens of Titan*，一九六三年的 *Cat's Cradle*，一九七六年的 *Slapstick*，一九八二年的 *Deadeye Dick*。此外著名的又有 *Mother Night*、*Blue Beard*、*Breakfast of Champions*、*Palm Sunday*，以及短篇小说集 *Welcome to the Monkey House* 等。这些作品都未绝版，可在书店中购到。

一九九七年十二月五日

写中年男子觊觎少女的名作家
——纳博科夫夫妇与《洛丽塔》外集

今年是国际著名作家弗拉基米尔·纳博科夫百年诞辰,他的生日是一八九九年四月二十三日。不久前,国际笔会美国分会在纽约举行了一个纪念会,会场借用一个小剧院,赞助者包括《纽约客》杂志与梵太吉书局,我也去了,听众数百人,在台上讲话者有英国小说家马丁·亚米斯(Martin Amis)、美国小说家理查德·福特(Richard Forel)、乔伊斯·卡洛尔·奥茨、文艺评论家伊丽莎白·哈威克,还有几位传记作家以及纳博科夫儿子狄米特里。在此同时,纽约公共图书馆总部也展出了纳博科夫的原稿、他的眼镜与钢笔以及他生前所喜爱的嗜好:捕取蝴蝶的网。兰登书屋适时出版了传记作家斯泰西·希夫(Stacy Shiff)所著的纳博科夫夫人的传记《维拉》。此外,纳博科夫自己所写的回忆录《说吧,记忆》(*Speak, Memory*)也重新出版。纽约文化界对这位国际文坛巨匠的尊崇可以说是颂扬备至。

纳博科夫于一八九九年四月二十三日出生于沙俄时期的圣彼得堡,一九七七年去世。他在世上遗下了好几部杰作,最出名的当然是《洛丽塔》——一部描写中年男子觊觎十二岁女童的小说,在出版时被视为“诲淫”。《洛丽塔》初版系由法国专门出版色情书籍的奥林匹亚书局发行。原来一本纳博科夫曾亲笔改写准备在美国出版的版本,今已成为珍本,由一收藏家出价十二万五千美元收购。

纳博科夫到了美国后,先将《洛丽塔》原稿投给《纽约客》杂志,被当时《纽约客》的小说编辑退回。这位女编辑在退稿信中道:“任何像我这样一个育有五个小女儿的母亲,看到此书,怎会不感到局促不安?”当时纳博科夫的朋友、文学评论家爱德蒙德·威尔逊更是不以为然,严加批评。不过此书在他的爱妻维拉鼓励下终于出版,使他扬名世界。

纳博科夫自视甚高,曾将他同一时期的《纽约客》杂志作者进行排名,把自己与J.D.塞林格列为A级,威廉·麦克斯威尔是C级,罗杰·安杰尔(Roger Angell)是D级,伊丽莎白·哈威克是E级(哈威克在大会讲话时采取幽默自嘲的态度),而他对世界已故名作家评价也不高。他把简·奥斯汀的作品评为“在一堆棉花羊毛中的蛋壳”，对狄更斯、福楼拜也无好评，又取笑卡夫卡、托尔斯泰的作品。对俄籍作家，他也把他们加以排名，第一是托尔斯泰，其后是果戈理、契诃夫和屠格涅夫。

俄文是他的母语，他当然也用英文写作，根本不需英文译者来翻译他的俄文作品。他唯一需要英译者的原因是，如果他自行翻译，在其过程中他会禁不住重写已完成的俄文著作（他的习惯是不断将已完成的作品纠正、注解、分析）。关于纳博科夫的回忆录，原文是英文，名为《确定的证据》(*Conclusive Evidence*)被译为俄文后，再由一出版商翻为英文出版，改名为《说吧，记忆》，在那本书中所附的最后一章，是纳博科夫自己对此本译文的评述。

纳博科夫所有著作中最具自传性的一部小说是《礼物》(*The Gift*)，书中的作家主角遇见一位名叫茜娜的女子，对他“完全地谅解，绝对支持他所爱做之事”；他俩性格如此配合，“融为单一影子”。在这里，纳博科夫其实是在描写妻子维拉。维拉是他的“最初、最好的读者”，是“作家妻子比赛中的国际冠军”。

斯泰西·希夫的传记《维拉》也证实纳博科夫与妻子形影不离，在他们五十五年的婚姻生活中，维拉忠诚地服侍丈夫:她是丈夫的打字员、编辑、秘书、代理人、司机、看护、中间人、材料采集员……她也接受他捕捉蝴蝶的癖好。她不断为他重写改写的原稿打字;她替他督视各种不同文字韵翻译;她不倦地与大西洋两岸的编辑与出版商交涉。当纳博科夫在美国大学当教授时,她每一课都旁听;有时丈夫不适,她便替他代课。她当丈夫的司机,带丈夫游遍美国各地。(纳博科夫曾夸口,他从未学习如何打字、驾车、听电话、打雨伞。)《洛丽塔》面世带来财富与名誉后,维拉几乎独自处理大量的读者迷、记者、学生、亲友们等等各方面的通信交往。

希夫写道:"婚姻逐渐演化为一个两种婚姻的故事:对他,它成为避风港;对她;它成为一项生涯专业。他只专心写作,不管一切他事,而她有能力应付他的所需。"纳博科夫的传记过去前后有两部出版(《俄罗斯的年头》及《美国的年头》,作者为 Brian Boyd),而这部新传记的重心当然是在他的妻子,表明维拉对纳博科夫在创作艺术上的重要。两人都出生于革命前沙俄时期的特权阶级世界,逃难后在柏林相遇而坠入爱河,结婚后前来美国大学担任教职,因写作而致富成名,终在瑞士阿尔卑斯山区养老。

多年来维拉一直否认她与丈夫合作的谣言。她也否认纳博科夫曾因《洛丽塔》的问世而担忧自己的教书生涯，否认他有意改用笔名出版此书。希夫指出，维拉专心保护丈夫名誉的坚强意志，把她造成了一个“敏感易怒、缺少幽默感、高傲冷漠、绝不退让的人物”。

维拉对丈夫（以及丈夫的创作艺术）的崇拜，早于他们初次相遇时就开始。他们于一九二三年相识，两年后结婚，此后她就一心一意专注于丈夫的写作生涯。她是犹太裔，而他出身于沙俄时期思想开明的贵族阶级。他的教书生活是清苦的。五十年代在美国，作为教授夫人，维拉倾向反共的麦卡锡主义，常引起其他教授夫妇的不安。在政治思想上他们是保守的。而纳博科夫的《洛丽塔》打破严肃文学的禁例，维拉的鼓励也有功劳。那天在纽约国际笔会主持的纳博科夫百年诞辰纪念会中，每个人都相信这部有关中年男子觊觎十二岁女童的小说乃本世纪罕有著作。

这么多年后，《洛丽塔》有一个奇特的结局。不久以前，意大利出了一本名叫《洛的日记》的意文小说，作者是意大利女作家碧雅·佩拉（Pia Pera），她用这位十二岁女童的观点写出洛丽塔与中年男子亨堡之间的故事，小说在欧洲极为畅销。美国一出版商要将此书译为英文在英美推销,可是被纳博科夫的儿子狄米特里起诉,阻止出版。此案经双方律师谈判六个月后,终于达成协议:纳博科夫家属可抽新书版税百分之五,与作者版税相等。

协议规定,在英译本出版时,狄米特里将写序言,佩拉将写后记,这样便更充实了《洛丽塔》的传奇性。至于纳博科夫本人在九泉之下是否会同意他人触犯他的艺术创作,那只有天晓得了。

一九九九年七月一日

约瑟夫·海勒的反战主义小说

约瑟夫·海勒生前写过好几部小说，但是他的最受赞赏的一部还是一九六一年的《第二十二条军规》。"Catch 22"一词已列入英文字典，被常人引用为一种进出不能、矛盾僵局的形容词。例如，以一个作家而言，在美国，一个无名作家如要找书局出版，必须通过文学代理人，但是文学代理人只接受已经出过书的作家。这种情势就是"Catch 22"。《第二十二条军规》到了今日已成为美国经典书，历年来在美国销售数量超过一千万册，并被译为世界各种文字，一九七〇年时曾被拍摄为电影。

海勒于今年十二月十二日去世消息传来，文化界立即有广泛反应，《纽约时报》以封面三横栏地位登载讣闻，两天后并著社论，指出《第二十二条军规》乃是讽刺战争与美国文化的伟大作品。我相信国内一定也有译作出版，读过这本杰作的读者应当知道，作者系用自己在第二次世界大战经历叙述故事，(主角是个名叫尤索林的轰炸员)用讥讽挖苦手法把刻薄自私的上级形容为比德军更可鄙视的人物。这样的写法当然大快人心。《纽约时报》社论谓，尤索林在二战时所受的磨难已证明战争的无用。不料，此书刚出版不久又发生了越战，数万青年充当炮灰，《第二十二条军规》乃再度在富含反战情绪的读者群间畅销。

《拉格泰姆时代》(*Ragtime*)作者 E.L.多克托罗(Doctorow)悼惜他的朋友道："当《第二十二条军规》出世时，人们说第二次大战不是如此；越战的发生却更触发了人们的良心。"《克雷默对克雷默》(*Kramer Vs Kramer*)的作者埃弗里·科尔曼(Avery Corman)说，《第二十二条军规》大大地影响了美国文化，但是最重要的还是此书"触发了我们要当作家的欲望"。

已故文学评论家阿尔弗雷德·卡辛 (Alfred Kazin)曾在一本讨论当代美国小说家的书中说过，海勒的小说其实是指出"下一次战争将没有限制，不具意义，结果成为一个没有活人留下来作战的战争"。

因此，我们可以说约瑟夫·海勒是位重要的反战主义作家。

《第二十二条军规》刚出世时,已故作家纳尔逊·艾尔格林(Nelson Algren)曾在《国家》周刊作评,称呼这是“有关第二次大战的最佳美国小说”。但是当时其他刊物并无好评。《纽约时报书评周刊》于一九六一年十月二十二日第一期作短评,称此书虽具喜剧性描写,但“缺乏写作技巧与敏感”。新书出版时没有销路,慢慢地在读者口传后才逐渐广销,成为一部国际性巨大名著。

海勒曾于一九九四年出版了一本《最后一幕》(*Closing Time*),仍用尤索林为主角,但并不广销。他的其他小说有一九七四年的《出了毛病》(*Some Thing Happened*),一九七九年的《像高尔德一样好》(*Good as Gold*),一九八四年的《天晓得》(*God Knows*)等,都不能如他的第一部小说畅销。一九八六年他患了一场重病,住院六个月,出院后与友人合作写了一本《不可儿戏》(*No Laughing Matter*),述他疗病经验。此后他就没有重要作品问世。

海勒当年在退役后,曾在纽约大学、哥伦比亚大学、牛津大学攻读文学,于五十年代开始在《君子杂志》、《大西洋》月刊等发表短篇小说,《第二十二条军规》是从他一篇谈战时在空军服役的故事发展成为长篇小说的。当时海勒曾谓,他共花了八年时间完成此部小说。他说对他写作影响最大的名家包括了纳博科夫、福克纳,特别是卡夫卡。

某次有人问他最惧怕的是什么。他说:“我最怕死、养老院、种痘。不过人人都要通过死关,因此不会太困难吧。”

根据他的文学代理人所发布的消息,他在临死前刚完成一本新作,名《终了时刻》(*A Portrait of an Artist,as Old Man*),定于明年秋间由西蒙斯-舒斯特书局出版。

一九九九年十二月十六日

从乡土到政治暴乱
——爱尔兰诗人获诺贝尔文学奖

约十年前，我在爱荷华大学的国际写作计划会议上会见了两位现成的与未来的诺贝尔文学奖获得者。前者是波兰裔诗人切斯拉夫·米沃什(Czeslaw Milosz),他一九八〇年获奖，后者是今年刚刚获奖的诗人谢默斯·希尼(Seamus Heaney，乃爱尔兰音译)。我与米沃什曾共进早餐,与希尼只不过握手问好而已,当时绝没想到这位(今年五十六岁）诗人将会获得世界最具声望的文学奖。(今年度奖金达一百万余元美金。)

抒情诗之美和道德深度

因此昨晚我听到电视新闻宣布获奖者名字之时,甚为惊喜。瑞典皇家学院在颁辞中把希尼的诗作称扬为“具有抒情诗之美和道德的深度，是对日常生活的奇迹与生生不息的过往的赞歌”。希尼乃是天主教徒,他对北爱尔兰的政治暴乱极为敏感,常用它作材料缀诗。瑞典学院称扬他对北爱尔兰情况的分析不求助于“平凡的俗套”。

颁奖典礼将于十二月十日在瑞典首都斯德哥尔摩举行。一九九二年的诺贝尔奖获得者,来自加勒比海的诗人德瑞克·沃尔科特说:“作为爱尔兰诗作的卫护灵魂，谢默斯·希尼,正如他的前辈叶芝一样,值得国际的公认。”普林斯顿大学一位爱尔兰文学专家欣喜地声言:“这是爱尔兰诗作与世界诗艺一个伟大的日子。”

威廉·叶芝当然是二十世纪初叶的最著名爱尔兰诗人,他于一九二三年获得诺贝尔文学奖。已故的美国诗人罗伯特·洛威尔十余年前已将希尼誉为“自叶芝以来的最伟大的爱尔兰诗人”。我的看法是,洛威尔的这句恭维话其实对叶芝与希尼都有些不公正,因为叶芝和希尼,再加上《尤利西斯》的作者詹姆斯·乔伊斯都不能被认为单是“爱尔兰作家”,而是世界级的作家。叶芝自己就这么说过:“我们如了解自己的头脑和通过我们头脑而抒发的东西，因而令他人受到感动,那不是因为我们了解或想到他人，而是因为所有生命都来自同一根源。”这样一句话清晰地阐明了文学创作艺术的宇宙性。

谢默斯·希尼出身于北爱尔兰贝尔法斯特附近的农家,是九个儿女中的长子,在当地大学攻读英国文学,后来曾在中学任教。在学生时代他已开始写诗。他的第一本诗集《一个自然主义者之死》(*Death of a Naturalist*)于一九六八年出版(时年二十七岁),到了第二本诗集《通向黑暗之门》(*Door into Dark*)于三年后出版,他立即建立了充满爱尔兰乡土气味的诗人名誉,那时已有评论家把他与叶芝及美国诗人罗伯特·弗洛斯特相提并论。

从爱尔兰乡土寻求灵感

在农村出生的希尼特别关心美好的田园(大自然)所受到的环境的损害。他诗中的用字与意象是奇特的。例如,在一首诗中他描写了“臃肿肚皮的青蛙像泥土手榴弹一样地坐着”。他把侵蚀鲜果的害虫形容为“鼠灰色的霉菌”。他的初期诗作都反映了他对田园生活的爱好,惧虑丑陋的动物毁损了大自然。他的最著名的一首诗名《挖掘》(*Digging*)。在那首诗中,他把父亲的铲土相比于自己的笔耕。

希尼的诗作根源是爱尔兰乡土。他像农夫挖掘一样地从乡土中找求童年生活的记忆与形象。到了一九七二年,他从贝尔法斯特迁至爱尔兰共和国居住,终以首都都柏林为家。七十年代的诗集就反映了北爱尔兰反英恐怖活动与政治动乱。一九七五年出版的诗集《北方》(*North*)与一九七九年出版的《野外作业》(*Field Work*)都充满政治性。他的迁居曾受到北爱尔兰同胞的批评。据他的传记作者亨利·哈特说,"天主教徒指他背叛出卖,他自己也深感内疚。"哈特乃美国一大学英文系教授,他的《谢默斯·希尼:相对职业的诗人》(*Poet of Contrary Porfessions*)可能是讨论希尼生活与诗艺的唯一传记。

爱尔兰已有三人获诺奖

在这时期的作品中,《野外作业》特别表明了他的题材已弃美好的田园而取"装甲车"与"迎面直射枪弹"的意象。在《伤亡》一首诗中,他这么写道:

我在那受过炸弹的伤人的地方
看见他转身
他的仍可认得的脸上
悔恨融合了恐怖
他的处于绝境的眈眈逼视
好似炫目的闪光

我不是写诗的人，我只希望上面所译的一段至少传达了一点点的诗人原意。

他于一九八四年出版的诗集《苦路岛》(*Station Island*)特别受到评论家的赞扬。这本诗集借用但丁《神曲》的手法将爱尔兰的政治与历史做戏剧化的描写。诗人的重要主题是——大自然、历史、道德的抉择。苦路岛是爱尔兰海岸一个小岛，许多世纪来是爱尔兰人的宗教朝拜圣地。但丁去了该岛，遇见了各种各样的鬼魂。希尼借此介绍了爱尔兰的历史与政治。

他近年来的作品有一九八七年的《山楂灯》(*The Haw Lantern*)，一九九〇年的《诗选》(一九六八年至一九八七年)，一九九一年的《幻视》(*Seeing Things*)。新诗集《酒精水准仪》(*The Spirit Level*)定明年五月出版。他曾出过两本散文集。他曾在牛津大学发表有关诗艺的演讲词,也即将结集出版。此外,他也曾翻译了一个十六世纪波兰诗人的作品。

希尼是爱尔兰文学院院士,曾获过各种国际文学奖,诺贝尔文学奖当然使他名誉达到最高峰。至今为止,爱尔兰文人已有三人获诺贝尔奖,除了他与叶芝以外,另一位是戏剧家萨缪尔·贝克特。至于《尤利西斯》作者乔伊斯如何会被忽视,那是另一篇文章的题材。

希尼曾于一九八九年至一九九四年在牛津大学任教。他是哈佛大学终身教授,目前请假在希腊乡居。

一九九五年十月六日

诺曼·梅勒与杰克·阿波特

美国文艺界近来最轰动的一件奇闻便是名作家诺曼·梅勒与囚犯作家杰克·亨利·阿波特间的一段“姻缘”。这段故事我已在《在野兽的腹腔中》报道。阿波特杀了人后逃之夭夭。我原来并不想在他落了法网之前写续篇。但近来美国各刊物的议论纷纷,又替这件事在文艺上、社会上、法律上及人与人关系上都加添了新的意义。我觉得将这案件再详细地解释分析一下,很可以使国内读者对美国的社会关系也有更进一步的认识。阿波特事件不但是文学问题,而且是社会问题。

在上文中,我主要是介绍了阿波特的文学才能,及他如何在狱中被名家诺曼·梅勒所发现。寄出了正文后,见到了他杀人的新闻,我又立即寄出了一段补记。这段补记恐怕不够详尽,不能满足读者的好奇心。现在我搜集了足够的材料，可以将阿波特与梅勒的关系及后果作一个有次序的报告。(有些地方当然不免重复。)

阿波特经由文学巨子梅勒等保释出狱后，是于今年(一九八一年)七月十八日清晨五时又因杀人而逃亡的。那个清晨，他在纽约东城下区一个小餐馆与侍者因小事吵架,出刀把侍者刺死。死者也是个失业的演员与很有希望的剧作家,这就更引起舆论界的惋惜。

纽约街上的杀人案多得很。通常讲来,阿波特因吵架而拔刀杀人并不是一件大新闻,可是恰在这个周末,《纽约时报书评周刊》以巨大篇幅评介他的作品《在野兽的腹腔中》。他的杀人案乃变为要闻,《时报》再度在封面首页作报道,全国性的《时代》杂志与《新闻周报》也没有忽视。因为阿波特已是一个新闻人物:他为纽约文艺界所重视,他是文学杂志《纽约书评》的撰稿者,他是兰登书屋的作家,他是受诺曼·梅勒提拔的"门生"。

他与梅勒是在一九七七年开始发生联系的。当时他是北卡罗来纳州的联邦监狱中的囚犯。听说梅勒正在写作一本有关死囚加里·吉尔摩(Gary Gilmore)的书(《刽子手之歌》),他写信毛遂自荐,说可以自己的生活经验来充实梅勒的笔记本。

阿波特虽然没有受过小学以上的正式教育，但他在狱中勤于自修。靠了他的姐姐与一家书店的帮忙，他读了很多文学与哲学书籍。在《在野兽的腹腔中》的介绍序言中，梅勒说："阿波特自有他的语言。我从未听到过这类语言。"梅勒说他的书信显露出他是"一个知识分子，一个激进派，一个有潜在能力的领导者……"

梅勒将他对阿波特的印象告诉他的朋友们，《纽约书评》杂志的编辑罗伯特·西尔弗斯特别受感动。西尔弗斯将阿波特写给梅勒的信，挑选几封在他的杂志发表，并由梅勒写短文介绍。这几封信于一九八〇年六月刊出，立即受到兰登书屋一个青年编辑埃洛尔·麦克唐诺的注意。在两个月内，阿波特即与兰登书屋订了合同，获得第一批的预付版税一万两千五百元。他的文学代理人即是梅勒的代理人司各特·梅瑞狄斯。

一年以后，到一九八一年夏间《在野兽的腹腔中》正式出版时，作者阿波特已是一个自由人。因为他在文学出版界的朋友们已替他向负责假释的司法当局吁诉，保证他能靠卖文谋生。六月五日，他被假释出狱飞到纽约，梅勒亲自在机场迎接，并帮他在纽约东城下区找到一个地方居住。

梅勒正在准备写作一部有关象形文字的书，便雇请阿波特帮做这方面的研究工作。阿波特在纽约不但有机会吸收各方面的新知识(逛博物院、观剧等),而且成为纽约文艺界的宠儿。他的作品受到各期刊书评家的颂扬。《纽约时报书评周刊》的书评称他是“一个凭空而来的拥有特殊文学天才的特殊人物”。这位书评家感谢梅勒发现了天才,并帮助了阿波特获得假释。凑巧的是,这篇书评发表于七月十九日的书评周刊上。七月十八日,阿波特行凶刺死了年轻的侍者兼剧作家,逃之夭夭。

阿波特在他的书中对可怖的监狱生活的生动描写,显然表明了自己是这种生活环境的产物。他的意思好像是说,他不能为自己的行动举止负责,因他不过是一个“监狱制度”的产物。他在成名后再度行凶出逃,就使人考虑到人类的本性问题(江山易改,本性难移)和社会问题。梅勒与西尔弗斯为何对阿波特这么欣赏?有人指出,梅勒本人对人类暴行这个主题有特殊兴趣。这可在他的历来作品取题上见到。至于西尔弗斯呢?六十年代与七十年代间,他是所谓“激进派时髦”的一分子。

名作家对罪犯作家的发生兴趣,在文学界并非史无先例。最著名的当然是法国名作家萨特对热内(Jean

Genet)的赏识。热内出生于一九一〇年，是法国著名剧作家。他也是因犯罪而在儿童教养院与监牢出身的。在一九四〇年至一九四八年之间，他写了不少自传性的作品，发表后受到萨特的注意。萨特乃联合其他法国名家如纪德(Gide)、科克托(Cocteau)等向政府司法当局呼吁。热内终于在一九四八年获得赦免而出狱。历年以来他有不少名作出世。

在美国，右派作家威廉·伯克莱(William F. Buckley)于七十年代的拯救埃德加·史密斯(Edgar Smith)出狱一事也特别受注意。(主要是因为伯克莱是一个主张司法严峻的右派人物。)史密斯于多年前曾因杀害一个十五岁少女的案件入狱。可是他在狱中写书，自称清白无辜。伯克莱看中了他的写作才能，也相信他的清白，就努力帮助史密斯获取了自由，二人成了好友。不料六年后，史密斯又因企图谋杀一名妇女的案件被捕听审，这次他不但认罪，而且也承认了多年前的杀人罪。他在庭中说："隔了二十年后再犯罪，也不算太坏吧。"至于他的文学生涯呢？他说他憎恨写作，不过这是他"赚钱方法之一"。

史密斯这类蔑视社会的态度更引起人们的反感。伯克莱当然是自讨没趣，他与史密斯绝了交，并声称史密斯

“再也不能在监牢中放出来”。

与伯克莱相反，梅勒是左派作家，是自由主义者。在阿波特一书的序言中，梅勒说：“入狱者不但有最坏的分子，而且也有最好的——就是说，最骄傲的、最勇敢的、最大胆的、最有魄力的、最不怕挫折的穷苦人。”

梅勒对罪犯的同情，供给了他不少写作的灵感与材料。但是畅销书《刽子手之歌》中对死囚的描写不过是间接性的。他与阿波特的接触却是直接的。阿波特因梅勒之助而假释出狱，又因犯了凶杀而出逃。记者问梅勒的意见。梅勒拒绝评论，仅说这个遭遇太具“悲剧性”。也许他不愿承认自己看错了人吧。《纽约时报》记者向心理学家询问意见。专家都说，像阿波特这类人都是“极度愤怒”、“会突然行凶”、“有潜在的危险成分”、“性格非常暴躁”等等。

这些性格特点很容易在他的作品中看出来。《在野兽的腹腔中》确是一本很有力的著作。阿波特在描写狱中的可怖生活与看守的恶毒手段时的强烈情感，令人想到陀思妥耶夫斯基的作品。某次他在一个不见天日的黑暗牢房中单独监禁了三星期。有一天，他因口渴要饮水，摸索着找到了一个铁皮杯。他举杯饮水时，突然觉到一大群虫子爬过他的脸皮：“我听到有人在远方尖叫；这尖叫者就是我。我跌倒在墙边;可是就像弹弓一样,这边墙把我掷到对面的墙上。我来回晃动,从门到墙,高声尖叫。疯了。"这样的描写出于一个仅上过小学的人的手笔是很难得的。阿波特也提到他特别喜爱法国作家司汤达的《红与黑》。他的写作也显然受了《红与黑》的影响。

在谈到自由时,阿波特原来根本没有奢望,他说自由已是"褪了色的梦"。他又说:"我想,我要出狱的欲望等于常人希望成为百万富翁,又或者,举一个更好例子,希望成为米开朗琪罗一样的大艺术家。" 在另一地方, 他又说:"我其实对会不会获释出狱,并不在意。"那是在梅勒等给他援手之前的感想。

在书中最后一页,他谈到如何获悉已得到假释许可。可是他的反映并不是狂喜,而是迷惑。他说,"对获得假释,我不知应有如何感觉。"这种感情也许是容易了解的:自从十二岁起始,他所熟悉的世界不过是监狱世界。谁知道他对自由不怀疑惧?

阿波特出逃后在哪里?有的说他已逃往墨西哥。可是他与文学代理人梅瑞狄斯仍保持联络。他甚至不忘通知梅瑞狄斯,"由于近来形势的变化", 请将版税转寄他的姐姐。这就表明,即使在逃亡中,他还是很精明,他的头脑还是会打算盘。据说，《在野兽的腹腔中》出售了平装本版权和电影制片权后，阿波特可分得的版税至少可有二十五万元。像这类孜孜于利，打经济算盘的事，只有在美国才能发生。

一九八一年九月十三日

〔附记〕

美国半华裔的囚犯作家杰克·亨利·阿波特终于九月二十三日下午在南部路易斯安那州摩根城的一个油田落入法网。在过去九天来，阿波特隐名埋姓地在油田工作，居住在工人宿舍中，食宿免费，每小时工资仅四元。据阿波特的文学代理人称，他的著作《在野兽的腹腔中》出版不过数月，已替他赚了版税十万元。

据联邦司法人员称，阿波特逃亡之后即来南方，曾在路易斯安那州各地流浪，做散工为生。摩根城人口约四万，因开发油田而繁荣，百分之十五的人口都是外地到此找油田工作的。阿波特已被押解赴纽约受审。

九月二十四日

一位畅销作家的金钱烦恼
——突然成为百万富翁的代价

在美国,一般以写作为生者生活是清苦的,可是一旦成为畅销作家,金钱滚滚而来,暴富带来烦恼,这里便有一个很好的例子。

四十一岁的女作家帕特里夏·康薇尔以写作警探小说致富,一九九六年收入这一千七百万美金。六年前她只不过是个在狭小写字间当女秘书的离婚妇女。某日她心血来潮,写了一部以女验尸官为主角的小说,立即畅销。此后她接连不断地著书,故事不脱女验尸官的经历。这里且先将她的创作史列出来,然后再谈她的金钱烦恼。

一九九〇年处女作《尸体会说话》(*Postmortem*),预支稿酬六千美元。

一九九一年的《肉体证据》(*Body of Evidence*),预支稿酬两万美元,上了畅销书榜四星期。该年收入一共六十万美元。

一九九二年的《残骸线索》(*All That Remains*),预支稿酬三十七万五千美元的一半,上了畅销书榜九星期。该年收入,共一百七十万美元。

一九九三年的《失落的指纹》(*Cruel and Unusal*),预支酬金三十七万五千美元的下一半,上了畅销书榜十三星期。该年收入一共一百四十万美元。

一九九四年的《人体农场》(*The Body Farm*),预支稿酬二百二十五万美元的一半,上了畅销书榜九星期。该年总收入升至四百五十万美元。

一九九五年的《波特墓园》(*From Potter's Field*),预支稿酬二百二十五万美元的下一半,上了畅销书榜十星期。该年总收入达七百四十万美元。

一九九六年的《死亡的理由》(*Cause of Death*),预支稿酬三百万美元,上了畅销书榜十二星期。该年总收入突升至一千七百万美元。

一九九七年的《致命暴露》(*Unnatural Exposure*),预支稿酬三百万美元,至今为止(三月底)已上了畅销书榜九星期。

尚未出版的《黄蜂窝》(*Hornet's Nest*),预支稿酬三百万美元。

从上面所列的我们可以看出,这位女作家下笔成金,每年出书一部,部部都是畅销,名气越来越太,读者越来越多,她的收入也越来越高。她的作品当然并不受文学界器重,但是被出版商视为摇钱树,她受到清苦作家的羡妒,可是财富也替她带来了不少烦恼。她从一九八九年的身无分文跳到一九九一年的六十万美元与一九九二年的一百七十万美元收入,不知如何应付。某次她与一个已绝交的穷苦朋友闲谈相询:“什么可算百万富翁,银行存款一百万美金,还是全部资产值一百万美金?”这位朋友说她致富后突然瞧不起老友,与她断绝来往。

康薇尔的小说已由好莱坞影城购去拍摄为电影,女主角验尸官将由女星黛米·摩尔主演。

三年前,她曾因醉酒开车出事,几乎毁容(四十一岁的她,今日仍金发美貌),对暴发户式的生活已稍具节制。她的本人生活就富于戏剧性。她自幼即被父亲遗弃,母亲不能应付,把她寄于养父母之家;发育期间她因厌食症消瘦而入医院;大学期闻追求英文教授而成婚,婚后生活腐化,不久就离婚;数年前她与联邦调查局(F.B.I.)一名已婚女探员发生同性恋关系,经常酗酒……

受过这类生活折磨的人,突然的财富令她难以应付,几乎引起精神崩溃症。某次她外出不假思索就购了一辆价值十万美元的奔驰牌轿车;另一次她进入一家珠宝商行,立时花了十万美元;她在医院疗伤时,一位看护爱慕她的名牌衣服,她出院后花了两千美元购置同一名牌衣服赠送。她花高薪雇用会计师管理财务,会计师往往警告她不要随意消费。

她的写作犹如商品公司的出口,她雇用无名作家替她搜集资料,待人刻薄毫无感情,往往随意就把下属革了。一位与她合作改编电影剧本的好友因为争取片上署名不果而与之绝交……她的这种冷酷无情的对人态度当与她的幼年经历有关。根据她的自述,在她五岁时,她的任律师的父亲因爱上女秘书与她母亲离婚。那年圣诞节早晨,父亲整装离家,她叙述道:"我正到了小女孩最崇拜父亲的年纪。他要出走,使我心碎极了。我记得他步出客厅,我立即知道他要干什么,他绝不会回来了。我哭哭啼啼跑过去,紧紧抱住他的大腿,像似抓住树干似的,我高声尖叫,'不要走!不要走!'他把我推开,转身出门。"她说她从此再也不见父亲:"我常于节日或生日前往邮局去取邮件,有时一天数次,一心希望有一封信或礼物。但一件也没有。”

这样冷酷的父亲对小女儿所引起的创伤，永远不会消失。她在大学时期爱上年龄较大的英文教授,显然似在寻找父亲的替身。她与丈夫不和,当了几年采访警局的记者后,她开始学写小说,先在一验尸所工作。她的开首三部以男性侦探为主角的小说都被拒绝出版，直到一九九〇年那部《尸体会说话》,以女验尸官为主角,才突然似中了彩票一样地达到成功。

由于她致富以后对好友的冷酷无情态度，她的人缘不好，她唯一可获得的慰藉是写作以及她的虚构想象中的女验尸官（女被尸官也有一个同性恋的联邦调查局女探员)。她说她在写作时想象与书中角色共桌谈话,谈话如果顺利,下笔极快,不知不觉抛就写了一二百页。

但是她的金钱所带来的烦恼不但是老朋友的消失、新朋友的缺乏，而且她也因酗酒与精神崩溃进过好几次疗养院。她的声名狼藉的同性恋事件数年前曾引起传媒界轰动。那位女探员的丈夫也属 F.B.I.，发现这件丑事后威胁要枪杀发妻,事情闹到公堂上去。奇怪的是,这类反面的宣传只是更引起人们对女作家的好奇，反而增加她的小说销路。在精神病医生忠告下，她经常吞服镇静药丸。她自称镇静剂帮助她的写作，可是书评家不同意。

本年度新作《黄蜂窝》是她首次不用女验尸官为主角的小说，虽然已上了畅销书榜九星期，但《纽约时报》书评批评它“极为枯燥无味”，其他书评家也不予好评。

在流行小说家之间，她已可与丹尼尔·斯蒂尔、迈克尔·克莱顿、汤姆·克兰西、约翰·格里森齐名。普特南书局最近刚与她订了三书合同，单是美国的版权就值三千四百万美金，只等她的交稿。

她的最烦恼的问题，除了如何处理财务之外，还有如何投资。这么多的金钱滚滚而来，她必须要找到一个足可信任的金融投资专家来做顾问。现在她所惧怕的是被人欺骗。在这种惴惴不安的情势下，她只好再吞一片镇静药丸了。

一九九七年七月

西方知识界的左拉传统

去年我写过一篇《逃亡的诺贝尔诗人》,讲述尼日利亚诗人索因卡受到尼国独裁者通缉追捕而不得不逃亡国外,在世界到处流浪的遭遇。后来我又写了一篇《诺贝尔得主与独裁者》,报道南非两位诺贝尔奖得主(文学奖的戈迪默、和平奖的曼德拉)在国际上的努力,替索因卡申冤打抱不平。

今年恰蒙法国作家左拉发表《我控诉》一文撼动法国人良心的百周年。一八九八年一月左拉在报纸发表公开信,就一位犹太军官被诬指叛国的冤狱质问总统。这封信奠定了法国文坛思想开明的基础。当然,法国文学史上多得是为正义与自由执言的作家。在左拉以前有伏尔泰、雨果,今日又有谁会忘记纪德、萨特、德·波娃这些名字(虽然这些作家在去世后反而声名降落,特别是萨特与德·波娃）。

作家为受压迫者申冤的不仅仅限于法国，欧洲其他各国与拉丁美洲也很出了几位具有社会意识的名作家。在今日国际文坛中，我们可以举出这些耀眼的名字：俄国的索尔仁尼琴、捷克的哈维尔、德国的君特·格拉斯、意大利的达里奥·福、哥伦比亚的加西亚·马尔克斯、秘鲁的巴尔加斯·略萨，墨西哥的富恩特斯。在非洲，当然有尼日利亚的索因卡与南非的戈迪默。（三十年代的鲁迅如果在世，也可归入这个不寻常的名单。）

社会意识作家因暴政而崛起

墨西哥小说家富恩特斯这样解释拉丁美洲与非洲的现象："在阿根廷、墨西哥、尼日利亚那类社会中，没有作家，就没有人发言。"具有社会意识作家的崛起乃是出于暴虐政府统治下的压抑气氛。在言论开放的民主国家，如英、美、北欧等地，作家可以自由发言，他们作品内容就缺乏抗议性的社会意识。但是美国于三十年代（经济大萧条）与六十年代（人权运动、反越战）期间确也产生一些愤怒的语声,由于华盛顿当局不加压抑,作家与知识分子语声在政治上的力量反而不如第三世界国家同僚的呼声。

抗议作家中也有踏入政坛而成功的。例如,捷克剧作家哈维尔于一九八九年被选为总统,受民爱戴,最近又中选连任。此外,加西亚·马尔克斯曾数度婉拒竞选哥伦比亚总统;秘鲁的略萨则曾于一九九〇年参加总统竞选而未告成功。

略萨的这个经验给他一个教训:作家虽有政治意见,最好还是不要投身政治,不如在一旁敲边鼓起些作用。他说他的竞选总统的企图“完全是精力上的浪费,我们争取民主的努力未能成功”。不过他并不遗憾他的经验。今日的秘鲁在表面实行民主,其实还是独裁制。

略萨现在欧洲定居,他遗憾的是近年来具有社会意识的作家越来越少。在一次记者访问中他这么说:“知识分子在逐渐减退他们对政治的兴趣。他们返回了把文学当作消遣品的概念……有时我觉得像我这样的作家已变为一条绝种了的恐龙。”

如果略萨的意见是正确的,他不过是反映世界政治的现势:一向以右派独裁政权见称的拉丁美洲国家已在逐渐走向民选之途,而苏联的解体已使一个极权大国分解为数个虚弱但民主正在萌芽的小国。国际政治变化浇灭了西欧文坛左右两翼争端的热情。但是法国知识分子(哲学家、社会学家、文学家、电影导演)却仍在努力保持左拉所遗下的传统。巴黎街头青年学生与文化人士的各种抗议示威游行常有广大群众参加,在本世纪内,法国的出版物大部分都是左倾。法国作家向以反法西斯主义见称,在阿尔及利亚战争时他们坚持反殖民地主义态度……

法国知识群思想复杂失去目标

一九八○年萨特的去世 (以及几部萨特传记对他私生活伪善的揭露)终于在法国产生了新一代的反苏"新哲学家"。苏联制度的崩溃证明盲目左倾是错误的。今日的法国知识分子群思想复杂,不能抓住一个确切的目标。他们似乎在发问:我们要支持什么?我们要反对什么?

他们的关怀暂时集中于波斯尼亚内战与阿尔及利亚内战所引起的屠杀恐怖。此外,近来西欧各国政府逐一执行了限制移民入境政策也引起具有社会意识作家们的注意,因为移民多来自第三世界国家,这类政策似含有种族主义意味。在思想保守的德国,作家格拉斯的单独语声成为德国的罕有民心。去年他发言攻击德国国民歧视第三世界移民的做法乃是“种族主义作祟”。德国人民至今还因战时纳粹对犹太人大屠杀给世界留下的恶劣印象深感不安,因此他们对“种族主义”这个称谓特别敏感。

一九九七年度诺贝尔文学奖颁予意大利剧作家达里奥·福,可以证明世界文学的趋向仍还是左倾。达里奥·福以讽绘讥刺当权者著名。他正在替一位因政治罪被捕入狱的教授兼律师申冤,他持续了左拉的传统,成为意大利今日的良心。他并没有浪费诺贝尔奖所颁给他的威风。

一九九八年五月

卡莎诺瓦是谁？

卡莎诺瓦是谁？爱读书的人一定听说过他的名字，或读过他的故事。他是十八世纪欧洲一位著名风流才子，出生于威尼斯，后来前往巴黎，又于一七七六年被迫从巴黎出逃。为什么出逃？因为他是当时欧洲社交界著名的大色鬼，相貌英俊，风度翩翩，床上功夫很好，到处找机会诱奸名门贵妇。在巴黎时，他不但引诱上了法王路易十五宫中的显贵妻女，而且偷取了她们的金钱首饰外逃。他还是位多产作家，曾写过一本露骨地描绘他的诱奸经过与性爱生活的回忆录，名为《我的生活实录》。目前的大新闻是，这本一向被法国朝野垂涎的回忆录原稿已被法国国家图书馆收购，公开陈列，与他的其他著作一齐展览。展览会取名“卡莎诺瓦——自由的情欲”，广告中甚至称呼他为“女权解放者”。

卡莎诺瓦著作的三千七百页原稿怎么会落在法国最有声望的国家图书馆手中？令人纳闷。卡莎诺瓦于一七九八年在波希米亚逝世，享年七十三岁，把原稿传予他的侄子。一八二一年时，德国一家出版商用重金从其侄儿的后辈手里收购了原稿。还曾有谣传说原稿在二次大战时被炮火烧毁，其实是藏在莱比锡一家银行的保管柜中，后由美军交给盟军官方。全本用法文所写的回忆录曾于一九六〇年出版，但是手写原稿，除了少数历史学者之外无人注意，后来才由一位驻柏林的法国大使通知国立图书馆，出了重资秘密购来，是该馆最值钱的宝藏，价值九百六十万美元。回忆录计划于二〇一三年大规模出版。

卡莎诺瓦自幼即成熟放荡，据他所言，他于十一岁时初尝性的滋味，被一成年妇女摸弄。他在回忆录中供认，一生曾诱奸过一百二十二名妇女，其中一位是天主教修女。他写道："我常觉得，与我做爱的女人有一种特别气味，她越是起劲，这气味越是香甜。"法国当局将此回忆录当作文化国宝，称赞卡莎诺瓦为一代天才作家。文化部长E.密特朗自己也是风流人物，曾出书自述在摩洛哥和泰国嫖男妓的经过。国家图书馆馆长拉辛赞扬卡莎诺瓦回忆录是法国的文学杰作，称作者"是个爱女人又充满魅力的男子,从不滥用女子,常是温柔体贴,甚至是个女权解放者。”

评论家认为回忆录绘声绘色地描写了十八世纪欧洲贵族的文化社交生活,以及作者自己的性冒险,进入王宫,诱奸贵妇人,避免被捕等等。作者自称维持自己的独立,从未为了一个女人而牺牲自己。读者如有兴趣,可等待英译本的出版。

我自幼对描写性生活的著作即发生兴趣,初读张竞生的《性史》时只有十余龄。学得英文后就读过D.H.劳伦斯的《查泰莱夫人的情人》,后来读了原是坦白淋漓的弗兰克·哈里斯(Frank Harris)的《我的性爱生活》(*My Life and Loves*)。此类性书,早已开禁,任何图书馆都应该有,特别是大学图书馆,都可以借阅。

文学奖出冷门内幕

本届诺贝尔奖的另一冷门是文学奖。世界文坛上尚未获奖的名作家很多，但是瑞典的文学奖委员会偏偏挑了一位名不见经传的罗马尼亚裔德国女作家赫塔·米勒(Herta Müller)。

她在罗国独裁政权下生长，现年五十六岁，于一九八七年移民德国时已三十四岁。她一共用德文撰写了二十本书，在德国文坛圈外，并不知名。翻译成英文的有四部小说，只有两部在美国出版：《绿梅树的土地》(*The Land of Green Plums*)与《约会》(*The Appointment*)没有什么销路，但出版商要趁此机会把二书重印出版。小说讲述的是在独裁者齐奥塞斯库统治下的艰苦生活。

瑞典学院在发布新闻时称赞米勒故事与文笔的动人，说她讲述的是一个“在自己家里好似一个陌生人的成长”。下面是一段栩栩如生的描写:“在床上枕头底下有六罐睫毛膏。六个女孩在罐内吐唾液,用牙签将唾液与煤烟调匀一起,结果变成黏性黑膏。她们把此黑膏涂在睫毛上,使睫毛变得又粗又黑,不过一小时后,唾液干了,黏性过了,眼毛不再乌黑,灰黑的煤烟纷纷落到她们的脸颊上。”

这段文字形象地描绘出罗马尼亚贫苦女大学生如何在宿舍仿效西方女性化妆的情景,读来让人苦笑。

此前有英国人猜测,以色列作家阿摩斯·奥兹最有希望。也有人认为美国名作家中可有一位中奖。可是我们还记得去年诺贝尔奖发言人恩道尔(Horace Engdahl)的话:“各个文化都有强健的文学,不过你不能忽视,欧洲仍是文学世界中心,而不是美国,美国太孤立了,太与外界脱节。他们翻译得不够,他们也不参与文学上的对话。这种愚昧无知约束了文学的发展。”

此语一出,大人触怒了美国文学界,也粉碎了美国一些名作家的希望,像菲利浦·罗斯、托马斯·品钦、乔伊斯·卡洛尔·奥茨、唐·狄里洛等。诺曼·梅勒、约翰·厄普代克已经去世,J.D.塞林格早已搁笔遁世。上次美国作家获奖还是一九九三年度的托尼·莫里森。

不过我要给这些失望的美国名作家一个忠告:不必

沮丧，与他们为伍的伟大作家多得很，俄罗斯的托尔斯泰、法国的普鲁斯特、爱尔兰的乔伊斯、英国的弗吉尼亚·伍尔夫等。作为历史记录，上次获奖的德国作家是一九九九年的君特·格拉斯。自从诺贝尔奖一九〇一年颁奖以来，德国已有十三位获奖。穆勒是女作家获奖者中的第十二位。

二〇〇九年十月

金赛博士的秘密生活
——美国性学大师的研究内幕

所谓"金赛报告"即是世界第一部用科学方法调查男女性行为的报告。性行为是男女间的隐私，怎么可做调查？因此，当金赛博士第一部著作《男性性行为》于一九四八年面世时，世界大为震动，金赛博士短期内就成为美国家喻户晓的名字。

研究人类性生活的首创著作

那时我刚到美国不久，在密苏里大学校园中听到老师与同学们的讨论，不禁好奇地到图书馆去翻阅了一下(此书不准借出，只准在参考阅读室中轮流查阅)。读了当然很失望，青年时代的强烈求知欲不能满足，因为书中都是各种性行为(自渎、行房次数、姿势、梦遗、性幻想等等)的统计数字,没有人们所想象的淋漓描写。可是这本科学书还是成为畅销书,五十年后的今日人们还在乐道。当时《生活画报》报道过:“对书商而言,这是《飘》以来的一本最风行一时的书;在科学界中,此书可与达尔文的《物种起源》相提并论。”

在此之前,世界从无一本研究人类性行为秘密的书。金赛博士著此报告的原意是想打破社会上对性行为保持缄默的维多利亚女王时代式旧观念。此书一出,随之而来的性方面的自由与研究就一发不可收拾。后起之秀的性学专家是一对名叫马斯特斯与约翰逊(Masters and Johnson)的男女。他们的研究方法更进一步,亲自观察(或用电影摄制机)男女行房时的体质(血液脉搏)反应,他们于一九六六年所出版的《人的性欲反应》也成为畅销书。在今日,男女性学专家挂牌治疗性能力委靡的病人已是医学界常事。

打破清教徒式的性保守

金赛在《男性性行为》一书中称,参与调查的百分之九十的男子(当时金赛的研究还只限于白人)承认犯过手淫，百分之八十五承认婚前性交，百分之三十至四十五承认婚后通奸,百分之七十承认光顾过妓女,百分之三十七承认至少有过一次达到高潮的同性恋行为。在二次世界大战后的四十年代,这种统计数字的透露非常惊人,大大动摇了通常人们的道德观念。突然间性教育的话题不再限于卖淫业、梅毒、节育、弗洛伊德理论等等,而延及婚前性交、通奸、同性恋等等过去避而不谈的禁区。

“金赛报告”是革命性的,随之而来的于一九五三年出版的《女性性行为》一书,更奠定了金赛博士在性教育方面的地位,同性恋者也渐渐地公然大胆出现,而人们对金赛本人的私生活行为也是越来越好奇。金赛于一九五六年逝世,而五十年代正是麦卡锡参议员跋扈的时代,国会保守党议员甚至指控他有狎弄儿童的行为，也有议员称他的调查乃是共产党暗中破坏美国家庭的阴谋。

金赛当然不是共产党。他的研究人类性行为的原意不过是要打破美国民间对性行为的清教徒态度，他以为维多利亚时代式的心理压抑有损性健康。他在印第安纳大学创设了一所性行为研究学院，征召了一批青年助教帮助他的工作。这些青年人成为他的信徒,而他的统治形式相似于二十世纪所盛行的“邪教”(Cult)领袖。

最近，一本新传记透露了金赛博士自己的秘密性生活，又引起了读书界一阵骚动。

金赛秘密的性研究活动

这本金赛传记的作者詹姆斯·琼斯在调查了那所研究院的档案、文件、书信，并采访了金赛生前的同僚后的结论是，金赛自己的私生活藏有许多秘密：他不但自幼有同性恋倾向，而且也具有色情受虐狂(Masochist)癖好，成年后这种性行为嗜好更变本加厉。他的秘密生活的同好者是一个亲近友好的小圈子，有时借“研究”为名成为他的性伴侣。可奇的是他的特殊行为并不影响他的家庭生活。他生有二男二女；据一般了解，他的家庭生活(无论作为一个丈夫或父亲)是美满的。只是他的秘密生活无疑会引人质问他的研究方法的客观性。

他的多年研究工作以及他自己的性倾向当然也把他引入一个自由放纵的性生活世界。他和研究院同僚与少数外界人士，无形中组成了一个性自由乌托邦。在这个完美理想世界中，成员可以不必顾虑社会固有的对性的禁忌,男子可以任意尝试同性恋行为,他们的妻子也可以找寻自己所喜的性伴侣。琼斯说他曾采访了那个乌托邦一位持有专业资格的成员。那人供认,他不但与金赛本人尝试了同性关系，而且也与金赛夫人克莱拉及其他男女发生关系。他说在这种场合中,金赛本人也热心参与。

此人某次借宿在金赛家中,根据他的观察,金赛夫妇关系极为亲爱，不一定是性爱,“他们完全接受了对方的行为”。但是,金赛的行为有时过分得达到了危险的边缘,甚至不能自加抑制;幸而当时他的私生活秘密没有外露,不然,如果给新闻界得悉,他的整个生涯与工作成就必告崩溃。

妻子完全奉献金赛的研究

在金赛各种要求下，最受压力的是他自己的妻子克莱拉。多年来，克莱拉一向是她丈夫的性解放运动的先锋,尽量迎合他的需求。据琼斯的调查报告,影片中包含了克莱拉手淫以及她与一男同僚发生性关系的镜头。朋友们说,克莱拉毫无怨言,以为丈夫的工作是神圣的。

在性行为道德方面,金赛一向认为什么都可以,但是成人与儿童关系则属禁例。不过这条界线在他后期生活中也被打破。其次,他曾告诉威斯科特,据他调查,那些曾于童年时代受污弄的人,于成年后心理并未受到影响。他认为只要社会纵容,儿童们并不会受伤害。

这样的看法即使在今日性自由时代也不会被接受。《女性性行为》于一九五三年出版后,他的照片曾登在了《时代》杂志封面上,但读者的反应未如第一本书强烈。金赛博士闷闷不乐,去秘鲁时染了疾病,于一九五六年逝世。

一九九七年十月

色情女作家与女权运动

戈尔·维达尔在他的回忆录 *Palimpsest*:*a memoir* 中谈到,在他一生所接触的女性中,只有安纳·宁给了他性满足。维达尔是个公认的同性恋者,平生曾与许多其他同性恋者(包括剧作家田纳西·威廉姆斯)发生关系,安纳·宁能够予他满足,证明她是一个非常妖艳的女性。我见过她的照片,读过她的著作,觉得她在青年时期必是一个尤物,不然她不会是那个女友众多、生活放荡、以大胆描写性行为的几本 Tropics 自传著名的亨利·米勒的宠友。

在二三十年代,安纳·宁自己是个含苞欲放的青年作家。为了维持生活,她受富翁雇用,专门为他写淋漓尽致的色情小说,不在外面公开发表。此后她写过几部受了超现实主义与心理分析影响的小说,但未受文坛注意。到了七十年代,她陆续出版了七部青年到中年时期的"日记",

在日记中她描述她在巴黎、纽约与亨利·米勒和劳伦斯·杜瑞尔(Lawrence Durrell)等一些作家的放纵生活,才名气大扬。她于四十年代所写的色情小说也趁机出版。我读过两部,一名《维纳斯三角洲》(*The Delta of Venus*),一名《小鸟儿》(*Little Birds*),觉得没有什么了不起,色情描写都是这么一套,任何丰富的想象力都有现实的限制。不过那时我偶然有机会初读以女性观点出发的性故事,当然是出于好奇。

法国著名描写色情的《O的故事》(*L'Histoire d'O*)的英译本也随之在美国出版,作者乃是法国一位著名的女作家的化名。美国女作家爱瑞卡·钟于一九七三年出版的《恐惧飞行》也曾引起我的兴趣。当时约翰·厄普代克曾在书评中称扬它的“令人振奋的性坦白”,一时把女作家所著的色情小说抬高了文学地位。不过二十余年后,爱瑞卡·钟的性描写与今日的女作家色情小说相比,已成为陈旧老派。不久以前,旧金山一家专门供应色情小说的书店举行了一个性书朗诵会,朗诵者都是女作家,有的穿了端庄服装,有的露胸裸背,朗诵她们著作中对各种性行为的描写,目的是在挑引座间听众的情欲。朗诵主持者名苏茜·布赖特(Susie Bright)。她的著作已有些名气,曾在畅销的大杂志如《君子杂志》一类发表。

美国已到了一个妇女极度解放的时代。新女性否认自己仅是供男性满足的玩物,也公开要求性的享受。一个名叫 Lonnie Barbach 的女心理学家认为安纳·宁那些专为男性写作的东西已不能适应女性的需要,因此她开始收集以女性为对象、由女性所写的色情故事,已有三个集子出版。另一个名叫 Michele Slung 的女作家也出了四个集子。苏茜·布赖特于一九九三年开始编集一年一度的《美国最佳色情故事》,出版者乃是西蒙斯·舒斯特书局,两年来一共销了十五万册。一九九五年度的《美国最佳色情故事》已于十月出版。以描写吸血鬼小说著名并被严肃文坛重视的安妮·赖斯(Anne Rice)早已用了笔名写过好几部色情小说,总共已销了一百万余册。此外,女权主义者与双性恋的女作家并出了好几本专供女性读用的色情期刊,大多在旧金山印刷。

据一位女心理学家谓,作为一个女权主义者的色情读物,必须有三个条件:一、女主角必须是握有主动的权威人物;二、故事焦点须是如何满足女性需求;三、描写必须包括身体的每一部分,不仅集中于性的器官。在旧金山与纽约的性开放地区,摄制 X 级色情影片的公司甚至已在发售专门以女性观众为对象的片子，内容都符合上述三个条件。(据统计,X级影片的消费者有百分之四十是女性。)

这类过度自我纵容的女权主义者寻求性发泄的做法,当然并不受到其他同样宣扬女权的人们的嘉许。女权运动的领袖人物分为两派:一派主张女性完全自由,应与男性同样地享受性乐趣,什么都可,毫无节制;另一派则以为这类女性自由放纵态度的反面是性剥削的另一姿态——女性的赤裸成为男性的享受。反色情的女权主义者包括安德丽亚·狄沃金(Andrea Dworkin)与凯瑟琳·麦金农(Catharine Mackinon),都曾在杂志著文,大声疾呼:真正的女权主义者不读肮脏小说。这样的论争把女权运动一分为二,可是大部分美国女性不理会这类争论,认为性享受乃是天赋权利,不能较男性少一分。

事实是，写色情小说的女作家在出版界与文坛已渐渐站住合法的脚跟。上述的受文坛尊重的安妮·赖斯便是一例。她用 A. N. Roquelaure 笔名所写的色情小说极为畅销(她既公开自认,我就奇怪她为何还要用笔名)。她的一部名叫《通至乐园》(*Exit to Eden*)的小说描写女主角与一群男少年性奴隶的荒唐行为。赖斯在外表上是一位衣着端庄的少妇,她在公开场合出现时更是令人注目。某些女权主义者不能相信，正派妇女为何要在写作中甘愿自羞自辱。

最近有一部名叫《从下覆上》(*Topping from Below*)的小说,作者劳拉·里斯(Laura Reese)形容女主角在做爱时的自忖自思:“我正在发觉，色欲与受辱弄之间的界限原来分得极细。”这段话似说明,这些自己以为已获解放的女作家乃是在自羞自辱的行为中寻求性满足。换句话说,她们最终还是受男性摆弄的玩物。

一九九六年六月

研究性行为的两位大师

最近阅览一本新书(厚厚一册,尚未细读),不免想到多年前初读一本突破时代性的有关人类性行为名著时的兴奋之情。一九四八年,我在密苏里大学图书馆找到了当时报刊上正在大事宣扬的畅销书:性博士金赛的研究报告《男性性行为》。金赛以谈话询问方式,记录了许多男子对自己性生活最隐秘部分的自述,由于隐名,故可畅所欲言。《金赛报告》出版时,二次大战刚结束不久,人们对性知识还停留在靦覥的维多利亚女王时代,报告问世后,立时打开古板风气,到了一九五三年《女性性行为》出版,金赛博士名气大扬,成为世界的性知识权威。

其实这两个报告内容枯燥,所载的多是统计数字,例如"百分之多少女性有自渎行为"、"百分之多少女性能够达到性高潮"等等,可是那些志愿应征坦言的对话记录则没有发表,令那些想在书中找到刺激的读者大为失望。

到了一九六六年,新一代(金赛已于一九五六年逝世)的性行为研究报告问世,那可是真正惊动社会了,书名《人类性欲反应》(*Human Sexual Response*),内容震撼世界,因为两位作调查的男女专家所用的研究方法不是“对话”,而是实地“观察”。男的是妇科医生麦斯德斯,女的是他的助手詹森女士。女助手在一旁同时观察,主要是为帮助缓解性行为男女的不自在感。此书出世畅销后,“麦斯德斯与詹森”就成为世界性学研究的代名词。

多年来,读者们一直探究麦斯德斯医生与詹森之间的私人关系,今日这本新书的出版恰可满足人们对他俩私生活的好奇心。新书名《性行为大师》(*Masters of Sex*),副题是“威廉·麦斯德斯与弗吉尼亚·詹森,一对教导美国如何做爱的男女伴侣的生活与时代”,作者托马斯·梅耶尔(Thomas Maier)当过新闻记者,也写过好几部名人传记。

把金赛与麦斯德斯和詹森相比,我们可说,前者的调查方法是“社会学”,而后者实际观察男女做爱,用摄像机实拍,还用血压器测试性行为活动时的血液脉搏反应,可以算是“科学”。为科学做研究,牺牲乃是必要,麦斯德斯在初次雇用詹森女士时就对她说,她的工作不但要观察他人的行为与体质反应，而且自己也要亲身体验，正如他本人也要如此实践一样。

当时(一九五六年)麦斯德斯是圣路易华盛顿大学的妇科产科教授，年四十一岁，已婚。詹森则是已离婚两次的三十一岁女子，正在找工作，没有大学文凭。当年新闻报道说她是心理学家，没有实据。

在金赛博士与麦斯德斯-詹森的两度性研究报告出现之前，美国人一般对性的态度还是羞惭难言，到了上世纪六十年代，风气大开，满载裸女照的《花花公子》杂志也出了世。在以前，诺曼·梅勒的成名作《裸者与死者》还不敢用"Fuck"士兵口头语一字，而用Fog代替。《花花公子》直到一九六八年第一期刊登麦斯德斯-詹森访问记时，才首次用了"clitoris"(阴蒂)一字。六十年代是社会革命时代，把反越战、黑人人权、女权主义、性自由等各种运动连在一起。此后美国面貌大变，成为世界思想最先进的社会。

话归正传，麦斯德斯对性行为研究发生兴趣是因为他是妇科医生。某次一位病人告他，她的性欲不能得到满足，在行房时往往假装达到性高潮。麦氏好奇，问题多多。女病人回答说："你需要一个女助手，才可能了解这类女性的苦衷。”

麦氏经学校许可,在校中开设性无能治疗室,雇用了女助手詹森。一开始她并不知道要做什么,麦氏告诉她:在询问病人最秘密的肉体感觉时,她要态度大方,使病人不会受窘。詹森接受了各种条件,最终证明她是一位极能干的助手。

由于当时自愿应征治疗的女病人少,麦氏就先雇用妓女来做试验。不过以卖淫为生女子的性反应不同于常人,他便不得不在校园中张贴布告,征求女生自愿前来做试验。不料,应征者甚多,校园里谣言四起,医疗室不得不脱离学校而独立出来。

所谓“谣言”之一,就是麦詹二人自己也在进行性事。这是真的,詹森生性浪漫,不但离婚两次,而且与许多男子发生过关系。她自认性趣极广,因此麦氏在雇用她时,说她不但要观察别人做爱,也要经常与他做爱。当时麦氏已有妻子,而詹森也有男友。

新书作者梅耶尔写道,麦氏当时告诉詹森,“工作”时要尽可能“职业”,不可超过“科学研究”范围之外。詹森后来对梅耶尔说,“我对他毫无兴趣”。虽是如此,他们的肉体合作共达十三年,直至一九七一年詹森几乎答应了一位千万富翁的求婚，麦氏唯恐他们已名扬国际的合作就此分手，才与共同生活二十九年的发妻离婚,正式娶了詹森。

颇具讽刺意味的是,他们之间的性生活从此也失效了。

麦斯德斯与詹森的婚姻达二十年之久,外界看来,他们是一对最理想的性爱伴侣，其实他们从未互相倾诉爱情。麦氏倾心于教学研究,詹森较年轻美貌,是个放荡女人,曾与许多男子发生关系,经验丰富。她说自从在初恋时被男友抛弃后,就再不施爱情予任何男人。

麦詹合作,于第一部著作《人类性欲反应》出世后,又出过几部书，包括《人类性无能》(*Human Sexual Inadequacy*)与《乐趣的结合》(*Pleasure Bond*)。一九七〇年第一期《时代》杂志把他们的相片登在封面上,文中麦斯德斯告记者道:“最有效的性教育应是:爸爸进入厨房,把正在做菜的妈妈屁股拍了一下,妈妈表示乐意。在一旁的儿童看到,想道,啊,这正是我所要的。”

麦詹独立门户后,“性无能治疗室”扩大,顾客甚多,包括好莱坞男女明星,甚至阿拉巴马州州长乔治·华莱士被枪击而下体瘫痪后,也来请教。在五六十年代,麦詹二氏做法之大胆自然引起社会上保守人士的非议。尤其与华盛顿大学脱钩后,更是大胆。为了医治男子性无能,如早泄、不举等等，他们甚至出钱雇用了志愿的女子配对相助，使男病人得以恢复性功能。如此做法，几近卖淫，广受批评。后来麦氏改为尽量鼓励男病人自携伴侣（妻子或女友），女病人则与丈夫或男友同来试验。

在此期间，他们又出版了几本书，有一本是说同性恋倾向可以治疗，立时成为保守人士攻击“同性恋乃是天生”理论的炮弹。另有一本指控政府故意隐瞒艾滋病问题，也受过批评。

麦斯德斯于一九九三年与詹森离婚后又娶了他在中学时代的女友，那才是他的真正爱情所在。据说当年中学生麦氏曾送她两打蔷薇花并附了一封情书，多年后才发现她没有收到。重燃爱情时他已七十九岁，婚后快乐，于二〇〇一年八十五岁逝世。

詹森女士在离异后想独自开设治疗室，没有成功。现在她也已八十有余，独自生活。她已将许多录影带毁灭，后悔没有嫁给富翁。本书作者梅耶尔曾与她多次访谈，并鼓励华盛顿大学颁给她一个荣誉学位。

《性行为二大师》附有图片，畅销似没有问题。

二〇〇九年七月

我看美国同性恋作家

一位朋友来访,看见我的书架上有几本戈尔·维达尔的著作,就惊呼道:“这位作家原来是同性恋,我近来在报上看到一篇文章才知道。”维达尔是一位我最欣赏的美国作家,他写过多部历史小说,我最喜欢他那些泼辣、讥刺的时事杂文。

说到同性恋作家, 四五十年前我在狼吞虎咽现代作家时就有些耳闻。英国有王尔德,法国有纪德、普鲁斯特,当时美国最著名的是杜鲁曼·卡波蒂、剧作家田纳西·威廉姆斯、黑人作家詹姆斯·鲍德温等。我犹记得,肯尼迪总统时期,白宫邀请文艺作家相聚。维达尔(总统夫人杰奎琳的远亲) 与威廉姆斯在阳台上望着弯身扶持栏杆向下观望的总统,指手画脚地评论,被一记者窃听到。诗人艾伦·金斯堡是同性恋,那是他自己宣扬的,众所周知。剧作家拉里·克莱默(Larry Kramer)于一九八五年写了一个剧本《正常的心》(*Normal Heart*)在百老汇上演,此剧讲述艾滋病猖狂蔓延时期一个断人心肠的故事,立时成名。克莱默是同性恋者革命时期最活跃的人士。他的活动由此引起政府与医学界注意,今日感染了 HIV 的人服药后可避免发展为致命的艾滋病,就是他的功劳。现在同性恋者已不再隐瞒这项秘密。每年初秋,同性恋者在纽约市第五大道举行大游行,服装奇异,已成为每年吸引本市人民与外地游客的大事。

关于美国同性恋作家的轶事,有兴趣者可阅读近来一本新书 *Eminent Outsiders*,副题是"改变了美国的同性恋作家",作者名为 Christopher Bram。但此书内容并不包括女性作家。作者本人显然也是同性恋者,写过小说。他认为,美国的同性恋革命其实开始于"文学革命",与女权主义及黑人人权运动同时发动,在二次大战之前,同性恋被视为不正常行为,名家如亨利·詹姆斯、沃特·威特曼等也不敢公开。一九四八年金赛博士的男女性行为报告出版后,人们才认识到同性恋是自然天生,而不是学来的。

在开始,最著名的两部同性恋作品是维达尔的《城市与栋梁》(*The City and the Pillar*)与卡波蒂的《别的声音,别的房间》,两书同时出版。两人在性格脾气上互不相容。卡波蒂嗲声嗲气,犹如女人;维达尔则有男子豪气,写文与说话尖酸刻薄,某次把詹姆斯·鲍德温形容为蓓蒂·戴维丝(好莱坞影星)与马丁·路德·金博士的混合品。读者与评论家重视鲍德温作品,往往忽视了他是黑人。

某次,《评论》(*Commentary*)杂志主编诺曼·波霍瑞兹之妻在该杂志上发表了一篇讽刺同性恋者的论文(质疑女同性恋者为何都养了雄壮大狗),维达尔于是写了一篇文章反驳,文章标题是《粉红三角与黄色之星》。黄色之星暗讽该对仇视同性恋的主编夫妇,他们是犹太人,在纳粹德国时期须佩黄星臂章来指认。维达尔的泼辣作风表露由此无疑,他是毫不让人。

格林威治村剧作家爱德华·亚尔比(Edward Albee)于一九六五年写的剧本 *Tiny Alice* 上演。遭到名作家菲利浦·罗斯批评,认为剧中的同性恋主角说话举止太如同性恋者。当然,亚尔比本人是同性恋者,而罗斯不是。

我有好几个同性恋朋友,都是心肠慈悲的好友,多年前有一个患艾滋病去世,令我悲伤。

二〇一二年二月

擅写淫秽小说的文学家

尼科尔森·贝克尔(Nicholson Baker)是位在美国文坛享有盛誉的文学家,他也是以擅写淫秽小说见长的作家。最近他的新作《满是穴洞的屋子》(*House of Holes*)的出现,又引起评论界注意。

我首次接触他的作品是一九九二年出版的以电话卖淫为内容的 *Vox*。所谓电话卖淫,就是女子通过电话以淫语秽词来刺激甘愿付费的单身男子。这类卖淫的伎俩,以女子话语越脏,声音越嗲越好,便可引动听者手淫。据说当年莫妮卡·莱温斯基曾购此书赠送给克林顿总统。小说全部由男女电话会话组成。小说之结尾是女性达到高潮的叫声"哦,嗯嗯,嗯,嗯,嗯嗯"。小说畅销,贝克尔接着出了第二本同类小说 *The Fermata*(亦无从翻译),等于前书的续集,形容男主角有能力把时间冻住,使他可在此期间给美貌女子宽衣解带。作者显然极富想象力,*House of Holes* 是他的第三部淫书，这期间他也曾著有六部小说，没有一部是诲淫的,受书评界好评。

贝克尔最引人注意的作品，是早期一九九一年的 *U and I*。在此书中,“U”其实是约翰·厄普代克(Updike)的代名词。他以回忆录的虚构手法,写出他一生对厄普代克著作的企慕。他的文风与厄普代克很相似,特别是后者书中对性的描写。

贝克尔于一九五七年出生于纽约,现居缅因州乡间,他是专业作家，靠写作为生。*Vox* 与 *The Fermata* 都曾登上畅销书榜。除小说以外，他也写过几部非虚构作品,其中值得一提的是二〇〇八年出版的 *Human Smoke*，副题是“第二次世界大战的开始,人类文明的终结”。在此历史文件性的书中,他的作风一本正经,他的观点是反战的和平主义者。他认为二次大战可用讲和的方式结束,不必死伤千万人命,他把丘吉尔指为与希特勒同样的疯子。

贝克尔全部作品,自一九八四年开始至二〇一一年,一共有十三种。乡间生活简单，他与妻子和一儿一女,没有重大负担,只是今年 *House of Holes* 出版,又使他成为新闻人物。此书虽淫秽，但由于内容的特殊与作风的诱人,仍受到文坛与书评界重视。有人问他的第一位出版商兼编者。此位出版商笑答道:“当*Vox*原稿初次入我手中时,我觉得此书稿既令人发笑又拨动情欲,有谁能有这类独特的想象力?”十九年后,这位出版商又承印了他的诲淫新作。

二〇一一年八月

可记得《苏菲的选择》?

如果你没有读过《苏菲的选择》(*Sophie's Choice*)的小说,你一定看过《苏菲的选择》的电影;如果你没看过这部电影,你一定听说过这个故事。《苏菲的选择》作者是二十世纪美国最伟大的作家之一,威廉·史泰朗(William Styron)。《苏菲的选择》于一九七九年出版后,更使这位作家扬名世界。

小说讲述一位波兰犹太妇女,在第二次大战时,由于纳粹德军入侵,被弄得家破人亡的故事。最动人心腑的一节是纳粹要将一部分犹太人送往煤气营,轮到苏菲,纳粹说她只能留下一双儿女中的一个。作为母亲,苏菲不能抉择,纳粹于是将她那惊慌大哭的小女儿从她手臂中夺了过去。这样的情景让每位读者肝肠寸断。小说出版后立时畅销,好莱坞购去版权摄制成电影,由头牌女星梅丽尔·斯特里普主演。

一般作家都有他们的特殊脾性，史泰朗的脾气特别古怪。这是根据他的女儿亚里桑德拉(Alexandra)在她的回忆录《读懂我父》(*Reading My Father*)中透露的。女儿说她家有个规律,“绝不能与爸爸谈论他的工作”。当史泰朗集中心思写作时,不容儿女们吵扰他。孩子们奉了母亲的命令,轻步走路,低声讲话,不然父亲就要大发脾气。某次,在圣诞节的清晨,孩子们吵闹地拆开礼物时,打断了大作家的思路,于是他大步从书房跨入客厅喊叫道:“你们都要给枪毙！”母亲出身富家,美艳令人羡慕,但是父亲由于声名在外,外遇众多,社交生活丰富,家中宴会的常客包括克林顿与诺贝尔文学奖得主加西亚·马克斯(两人辩论古巴),其他常客还有爱德华·肯尼迪,作家詹姆斯·琼斯、阿瑟·密勒,黑人作家詹姆斯·鲍德温等。圣诞节前夕派对中,有音乐大师列昂纳德·伯恩斯坦钢琴伴奏。

史泰朗虽享有盛名,生活美满,但由于要专心写作,灵感未来,就脾气暴躁,情绪抑郁。八十年代,他几乎因此发疯,甚至想到自杀,结果反而产生了一部畅销的回忆录,书名为《可看到的黑暗》(*Darkness Visible*),记录他的发疯过程,成为一九九〇年度的畅销书。此后他的作家灵感似已中断,后期生活中没有名著问世。史泰朗出生于一九二五年,逝世于二〇〇六年,享年八十一岁。根据女儿所言,她的爸爸虽然缺点众多,但也有慈祥一面。《可看到的黑暗》出版后,常有患了抑郁症想自杀的读者打电话给他,他总是柔声劝阻他们。

作家女儿最不能宽恕父亲的一点是,她也要成为作家,父亲却从不鼓励。直至她终于出版了一本小说,他才写信告诉她:“写得不错,继续写下去!”

二〇一一年五月

一九六四年的黑总统

我们的总统不但善于演讲，而且也会写文章，他的两本自传体著作，《父亲给我的梦》(*Dreams From My Father*)与《敢于希望》(*Audacity of Hope*)，早在他竞选总统前完成，至今畅销不衰，在《纽约时报书评周刊》精装本畅销书榜上待了好几个月，同时在平装本畅销书榜仍占了第一位、第二位。

他的畅销书所收版税远远超过总统四十万元年薪。其实，即使不进白宫，他也已是一个百万富翁了。

过去，黑人当总统常常出现在我们的想象中，电视、电影故事里早就有过黑人总统。读者中如有像我一样迷上电视连续剧《反恐二十四小时》(*24*)的，一定还记得去年和前年的节目中有过两任黑人总统，今年第二集中还是个黑人女总统。

半个世纪前的畅销流行小说家欧文·华莱士就于一九六四年出版过一本以黑人总统为主角的畅销小说《那个人》(*The Man*)。故事讲述一个黑人议员雄心勃勃,竞选总统,经过许多似乎难以克服的难关,终于成功。此书曾在《纽约时报书评周刊》畅销书榜上连踞三十余星期,内容离奇,甚至有诬陷总统企图在林肯卧房强奸的片段,以及极右派白人在白宫草地上焚烧十字架的景象。

华莱士当年曾写过好几部畅销小说,著名的有以诺贝尔奖为背景的 *The Prize*,以金赛博士性研究报告为背景的 *The Chapman Report* 等,有的曾被拍成电影。

The Man 当年遭到"每月读书会"拒绝,原因是唯恐触怒南方读者。十余年前,华莱士的儿子曾想把该小说卖给电影制片厂,但制片厂坚持主角必须由白人演员饰演,因而作罢。今日,奥巴马事迹必可被拍为电影,而且卖座。白宫第一夫人乃是黑奴后裔,这故事多么诱人。

二〇〇九年三月

解剖布什的四本书

近来收看本次总统大选奥巴马与麦凯恩，以及副总统候选人拜登与佩林的电视辩论，共和党的两位竞选人竟然一次都没有提到现任总统之名。麦凯恩自命为“改革者”,他要改革的是“华盛顿的贪污陋习”,好像他自己并不属于华盛顿政客群,好像共和党政策的失败与他无关。我只觉得在二次辩论中奥巴马与拜登对布什的抨击不够,他们应尽量将麦凯恩与布什的名字联在一起：共和党既已失败,选民怎有胃口再选共和党呢?

现任总统在此末期已不受人民重视。与我同样厌恶布什的读者们应该去读读刚出版的新书《内斗》(*The War Within*)，该书揭露了近三年来白宫争辩伊拉克政策的秘密内情。作者伍德沃德(Bob Woodward)是《华盛顿邮报》的名记者，三十余年前以揭破水门事件丑闻引致尼克松辞职而成名,历年来他的十余部著作无一不上畅销书榜。

《内斗》一出世,立即升上畅销书榜第一位,可见读者们对布什无能与伊拉克局势无救的关注程度。此书乃是作者多次采访华盛顿要人(包括布什)的结果,是作者记录伊战过程的第四部著作,他将布什列为美国有史以来最一事无成的总统。最令人信服的是他写书并不意气用事,完全用客观立场从实叙事,不露感情,也不参加意见,让读者自下结论。

二〇〇二年他出版了有关伊战的第一本书《作战的布什》(*Bush at War*)。当时作者相信了萨达姆拥有“大规模杀伤性武器”的谎言,因此对总统的准备作战,具有信心,以为单面进攻乃是必要。到了第二部《进攻计划》(*Plan of Attack*)出世,作者已经开始怀疑布什的明智,因总统往往不听良言忠告,视直谏者为“不忠诚”。布什还命令,演讲词中一定要加入“胜利”、“成功”、“获胜”等字眼。

两年前出版的第三本书《拒认现实心态》(*State of Denial*)指控布什、切尼、拉姆斯菲尔德等拒绝承认伊战失势的现实,这类心态使政府在民间失去信用。现在这部《内斗》则是盖棺定论,作者刻画的白宫,在内部政策争执的过程中,总统犹如旁观者,国务卿与将领们都不敢向总统直言,而布什则坚持下属们必须乐观、忠诚。伍德沃德认为总统完全是在靠自信与直觉来作政策决定，结果把美国投入了不可救药的深渊。

二〇〇八年十月

美国的珍本书

去年秋间,友人在我纽约寓所作客,谈到“非虚构小说”,我向他提到了美国作家杜鲁门·卡波蒂。我的书架上正好有卡波蒂的名著《冷血》,这是一本印数有限的初版本,上面有作者的签名,并有版本的编号。我因只有一本,不能割爱。但我送了他一本卡波蒂的《圣诞故事》,也是有作者签名及编号,印数有限的初版本。

赠书给文友是一件快事。我当时向他说,这是一本珍藏本,很有价值,望他好好保存。

我不是藏书家,所藏这类珍本也不多。美国藏书家有一个奇怪的习惯,他们藏书不是为了爱书,而是为了爱书的价值。很多藏书家购买了珍本,不是为了阅读与把玩的乐趣,而是把藏书当作投资。在美国,什么都是以金钱价值为前提, 集邮与收集古玩名画的目的无非是希望将来价值的上涨。因此，有的珍本价值的上涨是人为的。

古书好似古董，在今日必须以高价收购乃是必然之事。现代文学的初版本成为收藏家的对象却是近来一种奇特的现象。例如，一本一九六一年出版的畅销书，当时的书价不过三元九角五分，如果保存得好，有的名著今日可值七十五元；如果外封面纸仍保存无缺，甚至可多值二三倍。现代的藏书家愿出价一百至五百元收购一些二十年前才出版的初版本。越有人要，辗转越多，书越是值钱。一些特别富有、脾气古怪的藏书家，常常愿出高价搜购杰出作家的初版作品，十余年来，这些初版本价值的高涨程度令人吃惊。

藏书家重视初版本，理由很多：有的是因书的装帧特佳；有的是因后来的版本文字有了改变；有的是因为作者特地印了有限的初版精装本编号，专门送朋友当礼物。一个版本的值钱，主要当然是在藏书家市场的需求。英文新书每年出版达七万五千种之多，当然不是本本都是值钱的，试想，七万五千种的新书，如果每版只印最低限度的一千五百本，每年总数要达一亿本以上！奇怪的是，除了文学书之外，有的藏书家也在开始收藏关于经济、化学、太空旅行、电视、电脑各方面的初版本。

以文学书而言，许多小说家只不过昙花一现，十年之后不一定仍在出版小说。因此藏书家也应该有一点文学修养，有敏锐的眼光，看中了一个有前途的天才作家，把他的第一部著作初版本收藏起来，保存如新，数十年后很可以赚一点钱。

由于藏书家的兴趣，有生意眼的出版商应时而起，故意印刷一些有限的版本，希望从中取利。比如说，名作家约翰·厄普代克拥有广大读者，初版新书往往一印五六万本，出版商就故意发行一种印数有限的精装本来吸引藏书家。这类印数有限的版本有时只印一二百本，每本编号，售价六七十元。正如股票市场一样，如果时机合适，收购者众多，这类“珍本”就会立即涨价。

有时，小型出版商会恳求名作家给他们一些不重要的著作出版，印数不多，物以稀为贵，也会变为“珍本”。

上面说过，藏书家所重视的不仅是初版本的文学质量与标准，还有书的外表、纸质及美术设计。纸质非常重要，如果纸张不佳，任何初版本不能经受时间的沧桑。书的外封面纸也很重要，受珍视的初版本如果保存如新，二三十年后，其价格可达原价十倍，如果外封面纸完好，又可多加十倍。

在过去十余年里，收藏家所最注意的是两种书籍的初版本：一是现代文学中的“巨人”如海明威、威廉·福克纳，约翰·斯坦倍克、司各特·菲兹杰拉德等的作品；一是所谓“逃避文学”，如科幻小说、惊险侦探小说之类。

近六七年中，名作家的珍本市价并不十分高。以福克纳作品的版本为例，每年所可拍卖者约五十件，其中只有十分之一是特殊突出的高价珍本，其余平庸得很，有的价格甚至在降低。在同一时期，海明威的珍本价目却涨了百分之二十。斯坦倍克也不错。诗人罗伯特·弗洛斯特(Robert Frost)的珍本价值在降低，因为收藏家的兴趣移向先锋派和落拓派的诗人如阿伦·金斯堡等人的作品。菲兹杰拉德却身价百倍。他的小说《了不起的盖茨比》(*The Great Gatsby*)被摄为电影上映时，初版本的价目立时上涨，藏书投资者都知道这道门槛。

真正对藏书投资有兴趣者，往往避免价值一百元以下的初版本，因为其中百分之九十五不会看涨，其余百分之五则有光明前途。这就要看收藏家有没有敏锐的眼光。投资的收藏家情愿出高价收集稀有版本。一九七五年时价值五百元的珍本，今日可高达一千五百至两千元。

“逃避文学”的珍本，包括《人猿泰山》作者埃德加·赖斯·波罗斯(Edgar Rice Burroughs)的作品,及雷蒙德·钱德勒(Raymond Chandler)、达歇尔·哈默特(Dashrell Hammett)的侦探小说等。收藏这类书籍的藏书家文学兴趣标准较低,他们所重视的是书的外封的设计。这些封面往往画了口含雪茄的私家侦探与妖艳的女人,在艺术上并无价值,不过却代表了美国某个时期(二三十年代)的气氛,很受留恋过去的人士的欢迎。

"逃避文学"的初版本受藏书家重视,相反地,诺贝尔文学奖获得者的作品却不一定吃香,这又是另一个奇特现象。近几年的诺贝尔奖获得者如艾萨克·辛格及伊莱亚斯·卡内蒂的初版本,却在逐渐引起收藏家的注意,可是它们是不是会在下一代吃香,仍是一个疑问。

文学书籍被当作古董,又有另一个特点:文学批评家与学术研究者好似验尸官,往往将死者的作品不断批判与剖析;已故作家在文学界的名誉与身份时升时降,这也影响了版本市场价格的升降。有识者说,名作家的身价最高时期是他刚死不久之时,因为那时不少报章杂志会发表死者讣闻简传,把他捧得很高。这当然也是藏书家应该出售死者作品之时。不久以后,死者即被慢慢遗忘,藏书家对他的兴趣至少须过了十数年才会复活,到那时,大学文学系开始注意死者的作品，研究生需要一个作家作他博士论文的主题。很多作家在文学史的声望就是这样复活的。最极端的例子是，英国十八世纪几个次要的小说家，就是因为近年大学研究生的研究论文又再度地名见经传。

初版本如有作者的签名，价值特高。如有著名受件者之名，价值尤高。有的作家任意地替读者签名，有的则对签名极为憎恶。在这里，物以稀为贵的原则仍通行。

五十年代时，诗人T.S.艾略特某次在纽约一书局替购书的读者签名。有一个聪明的藏书家购了一本艾略特新书请他动笔。艾略特问："题赠给何人？"藏书家答："哦，请你写'给艾伦·金斯堡'吧。"

艾略特不假思索，在书页上写了"给艾伦·金斯堡，T.S.艾略特。"五十年代金斯堡不过刚刚露出头角，那位聪明的收藏家却颇有远见。这本书于今日成为极有价值的稀有品，金斯堡自己则尚在闷葫芦中。

珍本的售与购，多半都经过拍卖商。但纽约也有几家特殊的旧书店或古董店，能够鉴赏与收购有价值的初版本。对以投资为目的的藏书家而言，收藏珍本是件正经的生意。

我并不是一个收藏家，偶有的几本珍本，是朋友送的，把它们保存下来是为自己的兴趣，不是为了“投资”。卡波蒂的《冷血》是豪华精装本初版，装在盒内，总共只印了五百本，每本都有作者的签名与编号。我的一本编号是“116”。另一本我所收藏的卡波蒂著作《感恩节访客》，只薄薄的一本，其实是自传性的短篇小说，一共不过六十二页，也装在盒中。书中首页有言：

> 《感恩节访客》此版纸张特佳，装订特美，共印三百本。每本编号，并有作者签名。27，杜鲁门·卡波蒂(签名)

一九八三年一月十五日

卖文为生的专栏作家

提到美国的专栏作家，中国读者想必以为都是像已故的李普曼和现在《纽约时报》的赖斯顿那样专写政治性短论的人。这样的专栏作家当然在新闻界和文化界占有举足轻重的地位。但是,除此以外,还有许多其他性质的专栏作家,在美国文化界有一定影响。

比如我的朋友马丁·勒文就是一位独具一格的专栏作家。他原是美国一家历史悠久的文艺评论刊物《星期六评论》的编辑,在该刊编了一个风趣泼辣的散文专栏,名叫"凤巢"(*The Phoenix Nest*)。我因在该专栏写过一些散文,与他相识,几乎是二十年之交了。后来《星期六评论》换了主，编辑部原有人员星散。著名的老主编诺曼·卡曾斯现在只挂了一个名义,每期写篇文章而已。马丁·勒文离开该刊后,把他的"凤巢"专栏交给美联社代发给美国国内各地大小报纸,这种办法叫“辛迪加”(Syndicate)。

原来美国国内各地大小报纸有一千五百家左右，都以合作社社员身份,参加了美联社。美联社除了向社员报纸发新闻电讯以外,也向作家征稿,付清一笔稿费后,发给全国社员报纸刊载。(例如今年一月我的七篇访华观感就是如此)这都是社员报纸免费享受的。专栏则有所不同。专栏是经常性的,一般每周一次(也有两三次的),美联社发给各报时要另外收费。任何日报和周刊都可向美联社订用。至于专栏作家(或像马丁·勒文那样的编辑)的报酬,好像是抽版税;采用的报纸越多,报酬越大。而各报付给美联社的订费,也视各报销路多少而异。因此,一个出名的专栏作家,不但在全国各地报纸上有广泛的读者,而且收入也很可观。

马丁·勒文所编的专栏每周一次,每次约两千字,刊载三篇短文,都是讽刺性的幽默文章,接受外界投稿,因此他的进益必须与作者们分拆，不能与单独写文章的专栏作家相比。

专栏有各种各样的性质,上面说过,政治评论最受重视,其次是政治内幕(例如专门揭发官场内幕的杰克·安德逊的专栏，这在美国新闻界有个不怎么受恭维的称呼叫“扒粪”,好听些叫“调查性报道”)。还有讨论社会问题的，撰写书评影评的，发表幽默小品的，提供医药常识的，做家庭顾问的等等，不一而足，也都拥有广大读者。比如有个女作家叫安·兰德斯的，她的专栏仿佛是个专门回答青年男女恋爱纠纷的信箱，很受欢迎。有一个时期，最受欢迎的是专谈名人身边琐事、秘闻艳史的“流言飞语”专栏。二三十年以前，这类专栏风行一时，影响极坏。最出名的是已故的瓦尔特·温彻尔，他滥用权力，损害了不少人的生涯与名誉，因此受人鄙视，后来没没而终，死后没有一个朋友送丧。他死去后，这类造谣专栏也渐渐没落了，但最近有卷土重来之势。纽约的两家小型报纸《每日新闻》和《纽约邮报》都有这种专栏，不过趣味较前为高，内容都有根据，不再随便造谣了。附带说一句，这两家报纸虽然是八开本的小型报纸，内容也以社会新闻为主，但究竟是正式报纸，与解放前上海专事刊登流言飞语和黄色新闻的小报，还是略有不同的。

回过头来再说马丁·勒文。他是个正派文艺家，除了“凤巢”专栏，他还另外有个书评专栏，每周一次，亦由美联社代发。他在书评界相当有声誉，曾在《纽约时报书评周刊》上写过十多年的流行小说书评。他靠卖文为生，没有固定职业。他下笔甚快，读书也多，除了这两个专栏，还编过不少其他的书。但是在美国，除非出了一本畅销书，否则要靠卖文为生，不是很容易做到。马丁·勒文代表一般文人中的“中产阶级”，收入和生活尚算不错，只是没有安全保障而已。但是这种所谓“自由撰稿者”的文人，最重视的还是时间和职业上的自由；他们宁可生活苦些，精神上也要清高一些。

这使我想到自己年轻时候一心一意要想从事文人生涯，叔父和姑父都警告我，做文人不会有出息，不如读理工科，做个工程师。但是少年时的意志非常强项。尤其是因为自己已经发表了一些文章。母亲一面因看到我的文章感到骄傲，一面又为我的前途担忧。但我宁可住亭子间吃苦，也要争取得到精神上的满足。

年轻时人人都是理想家，与实际生活有些脱节，最终我还是不得不找个安定的职业，使生活有一定的保障。但我的第一爱好还是写文章。马丁·勒文听我谈到这里，不禁抚掌大笑，深有同感。物以类聚，文人同命，中外一律。但他说，他还有一点艳羡我，那就是我可以用中英文两种文字写文章。其实我与他的主要分别还在于：他能靠卖文为生，而我则不能，这是我终生的遗憾。他那话只不过是安慰安慰我罢了。

一九七九年九月

文学的“艺术与商业”之争

文学是艺术，不是商业，因此，文学奖金应由文学界专家(创作方面)挑选，而不应由出版商、售书商、图书馆学家(读者方面)挑选。这是美国文学界近来的一个论争。支持这个主张的作家，起因很是纯洁，认为一部文学作品的真正价值，不应由它的销路大小、读者多少来决定；获奖与否，不应受售书商意见的影响。不过这些作家多是畅销书作家，靠写书赚了钱，提出这个主张后，不免被人批评为假道学。

五月一日，“美国书奖” 宣布了奖金的得主。“美国书奖”的前身是“全国书奖”。过去三十年来，“全国书奖”是美国文学奖金中最有声望中的一种，但去年因经费缺乏，又不能受到出版商的支援而停止。出版商为什么突然停止经费的支援？因为他们认为“全国书奖”由文学作家作评判员,常常挑出一些没有商业性的作品授奖,对出版商没有什么好处。于是,去年六月,美国出版商协会(Association of American Publishers)另创"美国书奖",旨在"反映读者大众的趣味",所授书奖甚至包括了疑案小说、西部小说、幽默作品、生活风尚作品等。同时,评判员不是作家或文学批评家,而是由出版商、售书商、图书馆学家及作家投票决定。

这类挑选书奖的方法,好似好莱坞挑选影片的奥斯卡金像奖,迹近迎合大众口味,就引起少数严肃的出版商与编辑的不满,更不用说作家了。他们认为一本书的真正文学价值,不应由它的销路多少所决定;读者之多,不一定反映它的文学价值之高。不久,四十四名曾经获得"全国书奖"或曾经当过该书奖评判员的作家,也联名写信,向美国出版商协会提出抗议,指摘出版商们不但将出书商业化,甚至要把书奖评选商业化,这未免太过分了。这四十四个签名的作家中,包括索尔·贝娄(Saul Bellow)、唐纳德·巴塞尔姆(Donald Barthelme)、伊丽莎白·哈威克(Elizabeth Harwick)、菲利浦·罗斯(Philip Roth)、伯纳德·马拉默德(Bernard Malamud),乔伊斯·卡洛尔·奥茨(Joyce Carol Oates),威廉·史泰朗。联名信中说,"美国书奖"将会限制非商业性的创作；而美国出版界越来越趋向于商业化。这封信呼吁所有严肃的作家与批评家抵制这个书奖。

这个论争的重要性，不仅在于书奖决定的方式与规则，而且在于它代表了文学出版界两派人士基本思想上的不同。一派人认为出版事业是有尊严性的文学事业，另一派人士则将出版事业当作一件赚钱的生意。前者重视作家们对一部作品在艺术上的判断，后者重视读者大众的意见。美国是一个所谓“民主”的社会，但不少在政治上很开明的人士，却认为文学艺术作品不可通俗大众化。因为如果通俗大众化，文艺的质量即会大大降低。举美国目前电视节目为例：商业性的电视节目都视观众数目多少做决定。大多数观众对文学艺术当然没有修养，因此美国电视就充满低级趣味而幼稚的喜剧。高级艺术性的节目，因观众少，无法招徕广告，也就没有机会在电视上出现。

“美国书奖”于去年创立以后，美国笔会(P.E.N.)立即以九十一对九之比，投票决定拒绝参与书奖的典礼。书评家协会与作家协会也做出了同样决定。三月间，三个被提名的作家——《刽子手之歌》(*The Executioner's Song*)的作者诺曼·梅勒，《捉刀人》(*The Ghost Writer*)的作者菲利浦·罗斯，《苏菲的选择》的作者威廉·史泰朗，也联名向“美国书奖"主持人发电,要求将他们的作品从候选名单上撤销。

"美国书奖"的提名程序大致如下:这书奖共分十七个,精装本与平装本分开。在每一个范围内有提名委员十一人:两个是编辑或出版商,两个是售书商,两个是图书馆学家,两个是书评家,两个是作家,一个是所谓这方面的专家。这十一个人,并不会集讨论,而是个别地提名。然后再将十一个委员的提名做一下统计。十七个书奖分类如下:自传、传记、儿童书、潮流(生活时尚)、初作小说、一般性小说、一般性非小说、历史、疑案小说(侦探、间谍、惊险小说)、宗教、科学、科学小说、西部武侠小说、诗、翻译、插图艺术、封面设计。

提名之后由谁投票作最后决定呢?正如奥斯卡金像奖一样,出版商协会有一个所谓"美国书奖学院"(The Academy of the American Book Awards)的组织。凡是在财政上支援"美国书奖"的各机构成员,都有权投票。这些机构包括:美国出版商协会、美国大学出版社协会、美国售书商协会、美国图书馆协会、作家组织总会、全国大学书店协会、儿童书籍协会、专门性图书馆协会、全国妇女书籍协会。此外,有些个别的作家与书评家如果要求也准许投票。

在这许多的投票申请书中，再挑出两千五百名(须平衡地代表各机构)人士。这两千五百人有最后投票权。

这种投票方法的结果便是：在过去，书奖的挑选是由创作方面的作者们作判断；在目前，这个决定性的权力被移往售书者与购书者的手中。对作家而言，这个权力的转移，极具重要意义，怕的是此后书的出版将着重于商业性，而忽视作家创新却无销路的作品。此外，作家们也愿意由自己的同行评判他们的作品，而不要外行人作判断。

但赞同这类投票方式的人士，则以为作家判断同行作家，往往缺乏客观性，有的甚至替朋友捧场，因此不如售书商与图书馆学家客观。

令人好奇的是，“美国书奖”的董事会十六个人中，只有一个是作家。而且他们完全不理会作家们（如梅勒、罗斯、史泰朗等)不愿参与的要求。这种毫不尊重作者意见的态度，更引起作家们不满。而授奖典礼的“好莱坞化”，过分重视电视广播的宣传，也使人觉得过分商业化。

授奖典礼于五月一日举行，司仪是电视界的闻名人士，授奖者有电影明星、舞台名演员、电台时论家、科学小说作家、以性小说闻名的女作家，还有名记者白修德。

果然不出所料，“一般性小说”的获奖者乃是史泰朗的

《苏菲的选择》。但史氏没有在场，实际上，多半作家没有出席。这个盛会也就毫无光彩，不能与好莱坞的金像奖典礼相比。其他值得一提的是：历史奖的获得者是前国务卿基辛格的《白宫岁月》(*White House Years*)，平装本传记奖的获得者是司各特·伯格(Scott Berg)，为已故的著名编辑麦克斯·帕金斯(Max Perkins)所写的传记；“一般性非小说”的获奖者是托马斯·伍尔夫的《货色对头》(*The Right Stuff*)，这部作品以“非虚构小说”(Non-fiction Novel)或“新式新闻”(New Journalism)的技巧描写美国初期七个太空人的家庭生活。

最重要的是所谓“全国文学奖章”(National Medal for Literature)，授予南方女作家尤多拉·韦尔蒂(Eudora Welty)，奖金一万五千元。授奖者原定是名作家与诗人罗伯特·潘·沃伦(Robert Penn Warren)，但他拒绝参加，结果由一个新出茅庐的黑人女作家托尼·莫里森授奖。既然有这么多的作家抵制“美国书奖”的典礼，它的前途实在令人难以推测。但是作家们虽然伤悼有三十年之久的“全国书奖”的逝世，而在当年，“全国书奖”也并不是没有论争的。例如一九七一年时，出版商建议“扩大参加者的基础”，邀请售书商参加提名。那年，恰是埃里克·西格尔(Erich

Segal)的小说《爱情故事》(*Love Story*)大为畅销之时。那本小说,曾被一般书评家批评得体无完肤,认为毫无文学价值,完全以感伤主义的情绪来引诱读者(就好像中国三十年代所谓鸳鸯蝴蝶派或礼拜六派一流的小说)。但是售书商们却因为此书销路大、读者多而提名,小说评判委员会立即拒收。同时,该年的诗歌评判委员会认为没有一首诗值得推荐,就无人得诗奖。此外,历年来,常常有人批评评判员年龄太大,或书奖的广告不够雅,太俗气,或者除了为人作政治性利用之外,这类书奖无人注意,等等。

也有人说,"全国书奖"太含"自助性",往往授奖给原来销路不佳进益不多的作家, 因此而忽视在商业上成功的有价值的作品。

也有几个作家,根本不赞成任何文学奖,无论是"全国书奖"、"美国书奖"、普立策奖金,还是诺贝尔奖金。刚刚获了"美国书奖"的史泰朗说:"在文学界中,奖金实在并不实用,而且往往给错了人。对青年作家或无名作家而言,这类奖金是有价值有意义的。但是你如要论到哪一本是本年或本十年内最佳的书,那么这类书奖就没有多大意义了。"

美国作家联盟 (The Authors League of Ameriea)主席,名作家约翰·黑塞(John Hersey)认为,这类书奖对作家只有相反的影响。他说:“你只要看一看诺贝尔奖金获得者之前后成绩便知。获奖者不一定因得了奖而受到鼓舞。此外,这类奖项的大笔金钱及其好莱坞式的宣扬,不一定对作家有好处。对作家而言,唯一报酬是写作的本身。”

艺术为艺术,还是艺术为金钱?这个论争似乎是永恒性的,不会在人类历史上消逝。

刚刚于昨日完成此稿,今日(五月二十五日)的《纽约时报书评周刊》载了两篇“美国书奖”获奖者的文章。一个拒绝接受,一个虚心接受,各有理由,特在这里摘记如下,以飨读者。

拒绝接受者名为克里斯托弗·拉什(Christopher Lasch),获奖的书名为《自我陶醉的文化》(*The Culture of Narcissism*),所获的奖是属于平装本的“潮流”(生活时尚)栏。拉什所举的拒绝的理由有下列几个:

一、在过去二十年来,出版业愈来愈商业化,甚至被大企业公司逐一并吞。这类大企业出巨资购买了出版公司,还包括游乐场、广播电台、棒球队、电影制片厂。

二、出版业与娱乐业合并后,少数畅销书的作者变成了“明星”,往往可以预先获得百万美金的报酬,作为尚未出世的下一本书的定金。同时,出版商对多数默默无名的作家或不赚钱的严肃作家,只愿出不到万元的定洋。出版商只对能够大笔赚钱的作家有意思,对其他作家无兴趣,这样新作家出头的机会就更少,有的只能向大学出版社找出路。

三、这种写书和出版商业化的影响,引起下面几个效果:艺术水平降低;作品标准化、公式化;读者兴趣短暂,好书无法长销;出版商的宣传变作好莱坞式的庸俗化,"美国书奖"典礼便是一例。

四、书的对象既是广大的群众,每一本书的出版就都要考虑是不是适应大众的需求,专门性的、严肃的作品出版机会更少,真正的购书者与读者在售书市场的选择也大为减少。在过去,印书重视知识界的自由,这类自由已受到经济的束缚。因此,所谓"蔑视大众"的,并不是"高傲的作家",其实倒是出版"企业家"。

虚心接受书奖的作家名约翰·欧文 (John Irving),获奖的书是平装本小说《加普心目中的世界》(*The World According to Garp*)。这是他的第四部小说。

欧文说,一般而言,他觉得所有文学奖金,包括普立策奖金在内,其实并没有多大意义。但既获了奖,他就要虚心接受。因为文学奖金,对已成功的名作家无所谓,对未成名或新出名的作家却很有帮助。以他本人而言,他开首三部小说,虽获好评,但并未获奖赚钱。第四部小说获了奖,得到宣传后,可以赚些钱。他靠教书为生,很少有工夫写书。赚了钱后,他就不必再受经济束缚,有很多时间创作。而时间,对一个作家而言,是一件奢侈品。

下面是欧文的几条为他自己接受奖金辩护的理由:

一、文学界多数人士对作品的商业性成功常有不屑重视的态度。其实,商业性的成功,可使作家不必操心于生活,而有充分时间写作。批评出版界商业化的作家们自己都是成名得利的作家,不必再怕经济上受困。因此这些作家的批评未免有些假道学的成分。例如菲利浦·罗斯、诺曼·梅勒、威廉·史泰朗三人,他们在文坛上已达到名利双收的程度,当然可以向出版商协会表示反对这类书奖。可是尚未成名的小作家太多了,这些小作家很需要书奖来提拔他们。

二、"美国书奖"目标之一,是要在文学价值与商业价值之间造成一些关系,希望使一件真正的文学作品多销一些,赚些钱。老实说,只有已经写作致富的作家,才会反对这个目标。

三、特别令人可笑的是曾经获得"全国书奖"或者曾经当过该书奖评判员的四十四个作家的联名信。这四十四个作家有没有考虑到未获奖者的黯然心情。(按：欧文的《加普心目中的世界》于去年虽被"全国书奖"提名，但未获奖。吃了闭门羹的人，这次有重新出头的机会，当然欢迎这个机会。

四、严肃的写作，一向有两个敌人。其一是商业化。但是他们应该与商业化的作品做竞争，以便也可跻身最畅销书书目单之林。另一敌人是已成名作家的关门主义。这些作家自己已成了名，地位稳固，无形中成为了"文阀"(Intellectual Snob)，瞧不起他人的作品，看到什么都大嚷"商业化"。其实，这次"美国书奖"中竟有"初作小说"一栏，很是可敬可贺。初出茅庐的作家可以因而受到大大的鼓励。成名的作家们有没有这样努力地提拔新作家呢？

五、最后，欧文说，归根结底，他并不赞同各类书奖。出版商与其耗资举行书奖典礼，不如把钱省下来，转用在发掘新作家上。

他这一番话说得也有道理。

一九八〇年五月二十五日

书与电影之间

朋友乔治写了一本小说，受到好莱坞电影制片商的注意。经过文学代理人的手，以相当的高价出售了电影权。乔治是一个书生，重视自己作品的文学价值，因此在合同上注明，电影商如要改变小说的内容或角色，须先获得作者的许可。他以为有了这个合同，自己的心血就受了保障，赚了一笔额外的钱，非常得意，等待自己创造的角色出现于银幕。可是事情并不如此简单，唯利是图的电影商绝不会这样轻易地让作家脱离他们的掌握，好莱坞资金充溢，用金钱为诱惑购买作家的灵魂乃是一件常事。乔治的遭遇也不是例外。他的整个经验造成了他在精神上的极度沮丧，影响了他后来的创作。好莱坞的商业化传统可以强奸一个文学作家的纯洁心灵。一个作家如果单以赚钱为目标，当然不在乎。但是有自尊心的作家，受了好莱坞的金钱诱骗后，却是心有不甘的。

乔治并不是他的真实名字，可是一般作家，尤其是开始成名的，在好莱坞的遭遇都相当典型。他订了合同以后，作品受了保障，安定下来。不料某天却接到代理人电话，说是制片商要请他到好莱坞去，帮助编写电影剧本，另有报酬，再加上飞机票与一切吃住的费用。乔治听了很是高兴，谁不愿意免费到美国西部的电影世界玩玩啊？

乔治到了好莱坞后，住在高等旅馆，由制片公司供给一辆汽车使用，一切费用都可报账。在三个月内，他住的是最好的，吃的是最好的，每星期还收到一张高薪支票。他一生中从来没有如此奢华地享受过，但他也发现，所谓编写电影剧本，其实并没有他的份。制片商早已雇了一个电影编剧。乔治的名义是剧本顾问，可以提供意见，但他的意见并不被采纳。编剧已经将他的小说，编成了一个制片商以为符合一般电影观众胃口的剧本。剧情有了改变，角色被合并起来，性格的刻画为了符合剧情而受到牺牲。除了他的书名以外，乔治再认不出自己的作品。他的意见不被采纳，他的抗议也无人注意。制片商敷衍搪塞，有时甚至拒绝接见乔治。代理人劝他不要争辩。在多方的压力下，乔治开始的坚定立场慢慢软化，最后终于认输，专心享受他那短期的奢华生活也就罢了。回到纽约的现实世界后,他突然发现自己的灵魂已被出卖,沮丧不已。但他也学了一个教训,以后,绝不再将自己心血结晶的创作,随便出卖给电影商。像乔治这种人,在讲究物质享受的美国社会中是很难得的。

书与电影的结合,是美国一个大商业。在传统上,东部的纽约是出版界的总部,而西部的洛杉矶(好莱坞即在洛杉矶郊外)是电影制片界的总部。作家的代理人一向都集中于纽约,洛杉矶难得有代理人。但由于近年来书与电影在商业上的结合,好莱坞也诞生了一群专门代表作家向电影与电视界兜售作品的代理人。五十年代初期,电视业发达之时,一般人留在家里看电视,曾引起好莱坞不景气现象。但这现象现在已消失,制片商可将影片出售与电视台而取利。电影业与电视业合作后,好莱坞又呈现出蓬勃局面,而当代文学代理人的兴起,乃是必然的现象。

书与电影的结合,通常有两种。原来是先有书,后有电影。新的一种是先有电影,后有书。往往制片商在拍了一张收益奇佳的影片后,发现赚钱之道未衰,就雇三流作家将电影的原来情节写成一本通俗小说,依靠电影的宣传而销书。这类生意结合的中间人便是好莱坞代理人。他一面可将书的版权出售与制片商，一面又可将赚钱影片的版权出售与出版商。他一脚站在出版界，一脚站在电影界，居中赚佣金致富。这种代理人的绰号是“打包工”(Packager)。唯利是图的作家，只要雇用一个代理人，便可保证精装本和平装本的出版，以及电影权的出售。举一个例子：有一个名叫保尔·欧门的通俗小说作家雇用了这样一个代理人，代理人与精装本出版商、平装本出版商、制片商及电影导演各方谈判后，完成了一项全部共值一百二十万美元的交易。小说名叫《大西洋城》，尚未写成。这项交易的谈判，完全是以作家欧门的长仅两页的小说情节摘要而谈成的。代理人的佣金是百分之十，即十二万元。有的成名的通俗小说作家，甚至只要有一个“概念”(idea)，即可出售，售后再将“概念”发展为情节，写成小说。左翼作家霍华德·法斯特(Howard Fast)的《移民三部曲》的精装本、平装本及电影权的售价是一百万元。

这种由一个代理人包办的所谓“打包交易”(Package deal)的风行，有三个原因：一、在过去，电影制片公司常有编剧部，自雇文人专门创作故事概念及情节。而现在，制片公司已逐渐向外购买故事。二、出版商在过去常代理作家向电影界谈判，出售电影权。而现在，作家要自己保留这类权利，出版商不一定能做中间人。三、由电影变为书只不过是近年的现象。近数年生意极佳的科幻影片《星球大战》的故事，是那部影片导演兼编剧自己的主意。电影观众对这故事向往，因此，通过代理人，电影故事出版为平装本小说，又销了好几百万本。

这里还有几个因素，似乎可解释近年来美国的出版界与电影界经过好莱坞代理人而结合的倾向：

一、代理人之变为“打包工”并不是好莱坞的新现象，电影明星的代理人也往往谈判整个制片过程中包括导演、编剧及一切的“打包交易”。

二、好莱坞过去是由几个大制片公司如米高梅、派拉蒙、华纳所统治，现在则有许多独立制片商崛起。独立制片商所做的是“打包交易”，包制了一部影片后，售予大公司发行，或售与电视台。这类独立制片商往往向外购买故事。

三、好莱坞代理人发现可以就中取利后，近年来积极活动，向纽约出版界努力争取最佳畅销书的电影权。

四、由电影变书的事业已逐渐扩大。在过去，平装本出版商只花数千元，即可向制片商购得一部影片的故事出版权。二十余年前，著名歌舞影片《西区故事》(港译《梦断城西》)(*West Side Story*)出售与平装本出版商,只获两万两千元,因当时制片商不知可在电影变书方面赚大钱;而近来制片商发现,一部受观众欢迎的影片,如果变为书,也可销它数百万本。举一个例子,有一个不成名的青年作家,写了一个电影剧本,售与制片商拍片。这作家的代理人与制片商谈判时,坚持必须保留剧本故事将来出版小说的版权。果然不出所料,影片甚获好评,观众甚多。故事出版为小说后,销路奇大。结果,作家的版税收入远较其原来电影剧本的售价为大。在这个情形下,书与电影可互相促进推销。

五、平装本小说的畅销,也是近年来特有的现象。在过去,平装本出版商只向精装本出版商购买最佳畅销书的重版权。而现在,平装本出版商也向作家直接购买原作,有时也出价甚高。平装本的原作,多是通俗小说,包括侦探、间谍、情色、科学幻想、谋杀之类的题材。

六、美国各大公司合并的现象,也是促成"打包交易"实现的原因。有许多大企业社团包含许多种企业,往往一个出版公司与一个电影制片公司隶属于同一企业社团。这样,书与电影结合,就更容易。

七、电视节目渐渐注重"长篇小说"。在过去,电视节目的戏剧最长不过两小时,通常是半小时或一小时。但近年来,“长篇小说”在电视节目上很能吸引观众。例如黑人作家亚力克斯·哈利的《根》的电视节目,长达八小时余,每天播出两小时,连续四天,竟吸引了美国电视界有史以来最广大的观众。因此,电视界也向出版界积极收购最佳畅销小说的播出权。

八、电影界对文艺创作兴趣的提高也是近年现象。任何小说能列入最佳畅销书的,必为电影制片商所争购。

九、著名作家新作的索价也越来越高,出版商要抢先争购。一部未完成的新作,在过去,未出版前的预付(advance)最多不过数万元,现在可高达数十万元,甚至超过百万元。诺曼·梅勒的新作《刽子手之歌》的预付价据说达到一百余万元。这本小说即将出版, 其中一部分预先在《花花公子》杂志发表,单是这短篇的稿费就是十万元。

十、出版界近年来向西部发展,出版商都到好莱坞来掘金,与电影界做生意。今年春间美国出版商协会在洛杉矶举行,不无原因。

凡此种种, 都使好莱坞代理人成为出版界与电影界的宠儿,生意兴隆。但是话得说回来,一本小说能够确实在银幕出现的机会却也不大。往往制片商买了小说的电影权后，却因种种原因按兵不动。好莱坞制成的重要电影每年不过六七十部。电视界所制的专为电视播出的故事片，每年也不过一百部。有识人士说，一部成名小说出售了电影权后，能够上银幕的机会只不过十分之一。在美国什么都是商品。小说是商品，作家也是商品。商品被购买后，有时即放在"仓库"中搁置。我的朋友乔治在好莱坞的时期，没有受制片商重视，自己有好似一件在仓库中被搁置起来的商品的感觉。

乔治是纽约的作家，在好莱坞很不自在。好莱坞的作家（电影编剧）与纽约的作家（小说家）很不同。前者是电影界的产物，后者是出版界的宠儿。纽约作家是写书的，写书是一项孤独的行业，作家独自创作，作品在订了合同后必出版。好莱坞电影编剧则参加"集体创作"，他的故事情节，必须要与制片商、导演、电影公司推销员，及一些不懂文艺皮毛的各色人等商讨后，始可采用。这种写作并不是创作艺术；而他所写的剧本，也不一定会被摄为电影。

写书的作家与书局的编辑合作。编辑不过是一个导师或顾问，书的原意还是作家本人的。电影编剧则须考虑出资人制片商在商业上的意见。他往往在图利的压力之下数度重写，结果所完成的剧本是可能与他原来的概念完全不合。写书的作家在出版界是最重要的一分子,电影编剧在电影界则是最不重要的一分子，他不过是一个缀字的工匠。但近年来,这种现象已慢慢有些改变。有的作家因向往好莱坞的奢华生活,情愿出卖灵魂,到电影界去做一个高薪的电影编剧。这类作家将本人的创作能力及文学修养视为商品而出卖。结果呢?他的创作能力及文学修养降低了。但有的,像我的朋友乔治,觉得物质上的享受并不能克服精神上的沮丧,自觉惭愧,回到纽约来东山再起,重入文艺创作家的阵营。

一九七九年十月

美国作家的收入多吗？

我们爱好写作的都有一个同样的特点：作品能够见印，已经相当满意；稿费多少，乃在其次。

十三岁在初中时，我的文章首次在当地一个日报上发表。我对写作的爱好就是在那时下种的。当然没有稿费，但是见了自己的文字用铅字刊出，这类高兴是难以形容的。三十年代的作家中，除了少数人外，都是以穷苦著名。一般的印象是：如要靠卖文为生，你便一生要潦倒在亭子间中。父母要我读工程，使可在将来有些出息，但我宁可一生住亭子间吃稀饭。现在回顾起来，对写作生涯上瘾，对我个人生活是一件好事还是坏事呢？

三十年代四十年代间，中国作家的穷苦潦倒与受剥削的情形是众所周知的。到了美国后，由于畅销书作家的扬名，开初以为靠写作谋生不但是一件易事，而且可以发财。其实不然。这种错误印象,即使在美国一般人士中,也是根深蒂固。美国的写作"学校"多的是,很多家庭主妇及事业上没有成就的人们以为一学写作,即可扬名发财。这类想法不啻是做白日梦。无名作家能够出版一部畅销书是很罕有的现象。即使偶然写了一篇文章或短篇小说在报章杂志发表,拿了几百元钱的稿费,又有什么了不起?要在美国维持一个中等家庭生活,目前至少要有每月两三千元的进益(付税几乎一半)。如没有经常的发表,根本没有在财政上的安全感。能够经常发表的成名作家,又有几个?

我初次在美国发表,是一九四九年在《堪萨斯城日报》上的一篇讨论陈独秀的文章,稿费十元,用来请一个女友吃饭看电影就完了。后来我在《星期六评论》经常发表散文,每篇也不过十五元。二三十年后的现在,这类短文的稿费最多也不过一两百元,绝对不能维持生活。

对一般喜爱文学的人士,靠写作谋生有没有可能呢?我想在这里将美国作家在收入方面的情形作一个大体的介绍。

将不付稿费的学术性文学杂志除外,美国出版界当然是完全商业化的。以一个书局做例子。这个书局的职工从扫地工人、女秘书、印刷工人、编辑直到书局老板,不是有固定的薪水,便是有花俸。最倒霉的是作家。出版业完全是以作家的产品所维持的,而作家一般收入之低,简直难以令人置信。

今年夏间，哥伦比亚大学曾代表美国作家公会(Authors Guild)向全国两千两百三十九个作家做过一项征求意见的调查。这个调查报告的结论是:“各个境况不同的作家所提供的数字表明，多数作家的收入只能使他们生活在贫困水平线之下。”

写作一向是一项报酬不安定的行业。这个情况在今日更是不妙，即连有的已成名的作家也难于维持一家的生活。据美国作家公会的统计，全国职业性的作家中,只有百分之五可以完全依靠写作长期维持生活；其余百分之九十五,不是另有正常职业,便是兼职,或由配偶支持生活。在那批没有兼职的把全部时间花在写作的作家中,只有百分之三十八能够有每年两万元以上的进益，其余一般的平均收入只不过一万一千元,远在贫困水平线之下;至于偶尔为之的写作者(例如我自己),写作只是癖好,赚稿费好像是外快,用来看戏吃馆子,根本不能抵充生活费用。

在美国,做一个职业性作家,不是一件简单的事。并不是说有了一台打字机、几令白纸，即可开业。一个职业作家好像开一个小商号，开销很多，包括办公室房钱、水电费、电话费、邮电开支、打字秘书薪金、律师费用、会计师费用，研究、旅行、书籍等各项费用，而最重要的还是总收入百分之十至十五的文学代理人费用(没有代理人，就很难兜售你的产品)。这些费用加起来至少抵得全部收入的百分之三十五。此外，作家当然也要付收入所得税与社会福利保险费。

哥大与作家公会的调查报告显示，在征求意见的作家中，有的只是诗人，有的只写冷门的文学研究，有的是具有专门学识的大学教授。这类作家当然很难靠写作赚钱。但有三分之二是可以盈利的儿童书籍与成人小说的作家。在所有接受调查的两千余个作家中，半数以上曾在《纽约时报》上被评论过，百分之四十获得过各类文学奖，百分之十曾出版过最佳畅销书。这可以证明，这些作家都是有相当声誉的作家。但是他们的收入也不过如此。

就杂志的稿费而言，一般商业性大杂志的稿费是每篇七百五十元至两千五百元（《读者文摘》还要高一些）。若干销路达数百万份的杂志所付的稿费每篇不过一千元。即使一个多产的杂志作家，每年可产十二篇，幸运地每月都得以发表，全年的收入最多也不过一万八千到两万元左右。付了代理人费用和各项开销及所得税,还有多少留下来作生活费？在美国写杂志文章,特别是事实报道性的,必须旅行访问和做研究工作:费时,费钱,又费精力,并不是一件容易的事。往往,一个杂志编辑请你写一篇报告,完成后他如决定不用,便不给全部稿费,仅给一部分,补偿作家做研究时的花费。

儿童读物的作家呢？据儿童读物作家协会于一九八〇年进行的调查，有二十余年经验的较有成就的儿童读物作家中,三分之二的每年平均收入不到五千元,其中一半每年收入不到一千元。只有百分之二十二可以靠写作维持本人的生活,很少有赚过两万元以上的。

非虚构作品的作家情况又怎样呢？在调查报告中列入的两千余个作家中，有百分之二十八是非虚构作品作家。他们的进益，我想举一个名叫詹姆斯·林肯·科利尔(James Lincoln Collier) 的作家为例。他在一九七九年出了一部名为《爵士乐的造成》(*The Making of Jazz*)的书,曾被美国书奖提名,并列入伦敦《观察家》(*Observer*)年终最佳书书目,在重要文学杂志如《纽约客》上受到好评,还被译成法文德文出版。可是两年以来,科利尔从这本书所得的版税不过两万七千余元，除了各项开销（旅行、研究、书籍、唱片、照片等等），所余只不过一万六千余元。他花了两年时间写这本书，每年收入只不过八千余元。即使不减去各项开销费用，每年平均收入也不过一万四千元。（我想在这里插一句，骤然看来，论千论万的美金，似乎数目不小。可是我们必须以美国生活的费用与标准来看，要过一种拮据的中产阶级生活，每年至少非有两三万元收入不可。）

在各式各样的作家中，情况最好的可以说是专门写平装本通俗小说的作家。据一九七九年的调查报告，这类通俗小说作家中，有百分之二十赚了五万元以上。但是百分之四十的进益也只不过五千元。

这里且举惊险小说作家密尔特·麦修林 (Milt Machlin)为例。他原是一个杂志编辑，杂志关了门，就靠写小说为生。开初替另一个已出名的通俗小说作家做幕后捉刀人，后来自行露面。自从一九七四年以来，他已出了八部平装本小说，每部销路都靠近一百万本。

由于他的小说有销路，出版商要他写书，先付定洋五万元；销路大，又有版税收入。可是他的开销也大。因为他写的是惊险小说，需要不寻常的背景，就必须经常旅行。

有一次他在阿拉斯加州住了两个月,搜集小说背景材料。当然,麦修林经常每年有五万元以上的收入,算得上是美国作家中在金钱上成功的极少数中的一个。

作家们由于是自由职业者,所忧虑的便是在老年退休时没有养老金。试举另一个成名的杂志作家为例,此人要隐名,我们姑且称他为琼斯。琼斯已是一个长期的职业作家,二十年来,靠写作维持一家生活,属于罕有的百分之五。在过去十年中,他曾发表过八十八篇杂志文章。著名大杂志如《纽约时报星期日周刊》和《读者文摘》等都刊载过他的作品。在这十年内,他还写过十六部儿童读物与少年小说,两部非虚构作品。他还写过十一篇书评,演说过十七次,改编过一部电影剧本,也曾替教育电影写过剧本。他的书与杂志文章曾被翻为外国文字转载。他曾获得过不少文艺奖与书奖。

像琼斯这样发表与出版的成绩,可以说是一个非常成功的作家。可是十年以来,他的总收入除去代理人费用之外不过三十一万两千元,平均不过每年三万一千元。付了经常的家庭开销以后,他就没有余钱放在一边作将来养老之用了。

琼斯说,十年以来,他的收入没有大增,一九八一年的收入较一九七一年只不过多了十分之一，而这十年来的物价却增了数倍。他说，如果不继续不断地写作与发表，便无法维生，只好向政府要求福利金赡养。他现在的唯一希望是写一部最畅销的书。

另一个名叫杰拉德·沃克(Gerald Walker)的运气较好。他于一九六九年出版了一部描写男子同性恋的名叫《巡游》(*Cruising*)的小说，极获好评，可是并无销路。他此书的收入如下：精装本预付金，一千五百元；平装本版税，一万九千元，他取一半，另一半归精装本出版商；零星收入(如电视权等)八千元；最后，此书售出了电影权两万五千元，出版商取四分之一。

沃克以为此书的谋利前途到此已经告终。不料他的运气好，在电影摄制时期，不少同性恋的活动分子在纽约街头举行抗议游行，要阻止电影的摄制。这类新闻就引起人们对《巡游》原书的注意。沃克的代理人趁机又把此书的平装本出版权拍卖，卖了两万五千元。沃克在这本书上的总收入共是六万三千元。代理人取百分之十，政府征税又是一大笔。一般列在最畅销书目单中的作者都是这样的，总收入至少达到五万元以上。

近年来作家们收入不丰有两个主要原因。第一当然是通货膨胀。一般杂志拒绝提高稿费,因为作家(或想当作家的)供过于求,青年作家多的是。同时,书价也没有与通货膨胀成比例地大大提高。出版商因此吃了亏,做编辑薪水也加得很少。而最吃亏的还是作家,因作家的版税收入完全视书价而定。

第二个原因是平装书革命。学校与图书馆要省钱,往往购买平装书, 影响了精装本的销路。平装本价格低,因此作家所取的版税也低。例如, 一本价格十元的精装书, 作者取十分之一版税, 便是一元。但是每本两元的平装书,所取的版税不过是百分之六,即一角二分,其中一半还要分给原来精装本出版商。所以,就作家收入而言,一本精装本的出售,可以抵得十五本或二十本的平装本。(一般印书合同规定,作者所获的精装本版税是:首批五千本,百分之十;次批五千本,百分之十二点五;以后百分之十五。这就是说,一本定价十元的书,如销了五千本,作者获五千元。如销了一万本,作者获一万一千两百五十元。如销了一万五千本,作者获一万八千七百五十元。如销了两万本,作者获两万六千两百五十元……)

美国出版界稿费之少与版税之低使一般已有成就的作家很觉灰心。上面所提到的琼斯,在出版界熟人很多,要出书不成问题。但他不愿着手，认为替出版商写书对作家而言是一件“蚀本”生意。他举出一个例子，有一个著名出版商要他写一本专门题材的书。他有意一试。可是出版商只愿出一万元预付费。琼斯说写此书至少须花一年时间，一万元钱怎么可以维持一年的生活？他如用自己的银行存款贴补生活费用，不是要“蚀本”吗？琼斯说：“书局老板可以赚钱，做编辑的有薪水，纸张供应者可以加价，印刷工人有公司养老金可以退休。只有作家，好像应该是免费替人写作！”当然，这也许只是他的愤激之言。除了老板以外，出版社的各种雇员也各有各的难处吧！

根据美国作家公会的计算，一个做作家的，每小时平均工资只有四元九角。这几乎等于美国的最低工资。在出版事业中，没有一个职工甘愿接受这类工资。作家是出版事业的必要成分。没有作品，出版事业就不能生存。但美国作家都是自由职业者，个人主义者，习惯于散散漫漫，没有一个组织。不过以后这个情形可能有些转变。不少名作家，特别是年轻的一代，已在筹备一个工会式的组织，取名“美国作家大会”(American Writers' Congress)。这个组织不是政治性或职业性的，目的只不过是想团结一致，对付出版商。

一九八一年八月十五日

作家与他们的父母

幼时学习写作,开始在报章发表时,母亲常常给我一种无形的鼓励。她会将我的文章读一下,不发一语,好似没有什么印象。可是在别的亲友们谈论我的作品时,她就会在旁眉飞色舞地为儿子骄傲。有一次我的稿费被扒手偷了,回家很沮丧。母亲温和地笑着说:“几元钱有什么关系？写东西又不在乎稿费。”

我对母亲这种印象是很深刻的。(父亲比较无暇来读我的作品。)她平素喜读的是张恨水所著《金粉世家》一类的言情小说,可是由于我在文艺副刊发表作品,她对新文学也开始发生了兴趣。巴金的《家》、《春》、《秋》她都看过。虽然她起先不要我做一生潦倒在亭子间的穷苦作家,但到后来也未始不希望儿子将来会变成巴金一类的大作家。

母亲于我离国后十二年在上海病逝，我当时曾在自己主编的纽约国际学生会会刊《见解》(*View*)发表了一篇题为《十二年游子的悲痛》(*A Twelve-year Wanderer's Grief*)的悼念文章。我特别挂念的是她对儿子写作的关切。这使我想起作为儿女的作家们的心境。我搜集了一些材料,发现许多名作家与他们父母间各有不同的玄妙关系,很有兴味。

近来在美国文学界最出名的作家母亲,当是约翰·肯尼迪·图尔(John Kennedy Toole)的母亲图尔夫人。约翰·图尔的遗作《笨伯同盟》(*A Confederacy of Dunces*)能获得一九八〇年度的普立策文学奖，完全是他七十九岁母亲的功劳。这个事实本身就很有传奇性。老母的坚强意志与多年来的努力终于替儿子出了气。

约翰·图尔是南方的新奥尔良人,自幼爱好写作,青年时完成一本名叫《笨伯同盟》的讽刺小说,希望能够引起纽约出版界的注意,曾向几个书局投稿,没有结果。图尔闷闷不乐,终于一九六九年自杀,时年仅三十二岁。她的母亲是一个退休的戏剧教师,坚信儿子的才能,花了十余年工夫,向各方推荐儿子的遗稿。最终,不但这部小说得以出版,而且获得了普立策文学奖。《纽约时报书评》称扬此书是“喜剧的杰作”。《洛杉矶时报》称它是“本年五部最佳小说之一”。

听图尔老夫人道来,这个故事虽然终告圆满结束,但她也的确经受了不少焦虑与痛苦。她的儿子是在军队中服役时开始写作这部小说的。一九六四年他自军中退伍回来,将小说原稿给老母看。老母一口气读完,兴奋不已,鼓励儿子向书局投稿。书局编辑开始很有意思,建议做几处修改,请图尔重写。此后两年,图尔神经非常紧张。但书局仍无意出版,图尔终将原稿要回来。原稿在抽屉中又藏了三年,他郁郁不乐,终于一九六九年三月在汽车中开煤气自尽。

老母心有不甘,携了原稿向各书局尝试,但都被拒。最后,她向著名的南方作家沃克·珀西(Walker Percy)求援。珀西看了,大为欣赏,书稿终于交由路易斯安那州立大学出版社出版。

大学出版社虽不是商业机构,但书出版以后,就有机会引起文学界注意,不但各报刊都有好评(书评家一般以为此书虽有“不成熟”、“幼稚浅薄”、“粗糙乏味”之处,但大致而论,仍是一部“杰作”),而且获了普利策奖。现在此书销路不错,并已出售了平装本的版权与电影制片权。

像图尔母子这类情形是很难得的。一般作家们的父母对儿女们的写作也很关心，但大都没有这么戏剧性的发展。

最近出版的前所从未公开的《海明威书信选集：一九一七至一九六一》中，有一封海明威给他母亲的信，谈论《太阳照常升起》(*The Sun Also Rises*)，很有趣。海明威信中说："你不喜爱此书，是很自然之事。我对你因读此书而引起不快，很觉遗憾。我俩之间对什么才是好的作品，显然有不同的意见——这只是基本上的不同。可是你如果让他人来左右你的意见，那你就不免自欺了……你也许从未喜爱我的任何作品——而突然地，你也可能特别喜爱我的某一作品。但你必须相信，我写任何东西都是富含诚意的。"

海明威吁求母亲的同情，证明不少作家皆将自己的父母目为重要的读者。在美国说来，父母关心儿女的虚构小说，还有一个原因。比如父母常唯恐小说太含自传性，使家丑外扬，做父母的就觉得不自在。以托马斯·伍尔夫的巨作《天使望故乡》(*Look Homeward, Angel*)为例，许多读者自然而然地将此书目为自传性作品，逼得伍尔夫不敢回到他的家乡。因这缘故，做父母的也就要怕邻居闲话。

最使父母吃惊的是突然在儿女的热情著作中发现了在生活经验上或思想上的一个大启示：做父母的往往将儿女看作不成熟的孩子，一旦发现儿女著作中竟含有特殊的思想或世界观,便大感惊异。《加普心目中的世界》作者约翰·欧文说:“我想，我们进入成人生活后如要与父母维持良好的关系,便不能完全坦率。父母属于另一代。孩子们过了十六七岁后就不会再将他的生活一切完全向父母公布。一个作家所写的是心底深情。他往往在著作中透露了自己的信仰与深思,这有时就令人震惊。做一个诗人或作家的父母并不容易——常恐怕要被儿女的内心思想吓坏。”

做父母的对做作家的儿女收入低下表示关心，也是国外所常见的。很多父母以为儿女一做作家,就要生活落拓不堪。诗人兼评论家德尔莫·施瓦兹(Delmore Schwartz)的母亲,批评他靠写作挣钱不多,在事业上是个失败者。施瓦兹某次写信给朋友说:“谨慎，银行储蓄，固定职业——所有这些布尔乔亚认为必需的优点我都没有。我母亲就看不出我这行业有何意义。”

萨缪尔·贝克特的母亲显然也有同感。贝克特出版了第一本诗集《婊子镜》(*Whorescope*)后,单是书名就已使母亲局促不安。她将此书藏在家中书橱最离的角落里,一面督促儿子教她朋友的女儿们弹钢琴,以使他不会"浪费"时间在写作上。

艾萨克·B·辛格的父亲更进一步。他是个严正的犹太教牧师,认为写小说是"一件羞耻的行业",不要儿子当小说家。辛格形容他父亲道:"他说,'第一, 你虚构其事,所以你是一个撒谎者;第二,你取笑他人。'……他为我而惭愧, 有时有人问他我干的是何事, 他会回答,'他是卖报的。'在他看来,卖报是个行业。他甚至相信了自己的话。最后一次我见他时,他问我生意怎样,是不是卖了很多报纸。"可遗憾的是,辛格父亲逝世时,尚未见到他儿子的作品问世。

菲利浦·罗斯的最近新作《解放了的朱克曼》(*Zuckerman Unbound*)显然也是自传性的。小说中的主角朱克曼也是作家,先用家中世仇做材料写了一篇短篇小说,已使他父亲大为不快。然后他又写了一部描写性爱的喜剧性的小说 (正如罗斯本人的《波特诺的抱怨》〔*Portnoy's Complain*〕),更使他的父母感到不安。母亲常受亲友与邻舍的质问和取笑;而父亲临死也不原谅儿子,称呼儿子是

“坏种”。

朱克曼的哥哥怪弟弟的书害死了父亲，羞辱了母亲。在这部小说中，罗斯完全将作家与父母之间的代沟详细地描写了出来。事实是，作家因写作而与父母起了冲突时，往往将写作的地位放在父母之前。正如威廉·福克纳所说：“一个作家如有抢劫他的母亲的必要，他不会犹豫。”不过一般而言，父母都以儿子成为作家而出名为荣。罗斯的父母虽因《波特诺的抱怨》吃惊，但仍为儿子的成功而骄傲。

有的母亲特别支持儿子。“垮掉的一代”诗人艾伦·金斯堡的母亲常与儿子一起举行诵诗会。杰克·凯鲁亚克的名著《在路上》是住在母亲家中时写成的。

青年女作家爱瑞卡·钟(Erica Jong)说，“无论你写什么，真正关心你的人都绝不会停止爱你。”钟女士的第一部小说《恐惧飞行》(*Fear of Flying*)是自传性的，充满性爱的描写，出版后引人议论纷纷，但终于列入了最畅销书目。钟女士说，她的母亲似不敢读这书，只对女儿说：“亲爱的，你怎么就不能写得像格雷厄姆·格林 (Graham Greene)那样呢？”

《单独讲和》(*A Separate Peace*) 作者约翰·诺尔斯(John Knowles)说，“知道父母与朋友终会看到我的作品，在写作时便不免较为谨慎一些。”诺尔斯出身于一个中上级家庭,父亲是开矿公司经理。他写小说并不是青年叛逆式的。可是他的母亲仍对他的作品感到不满。读了《单独讲和》后,母亲对儿子说,“我如果早知你在埃克斯德(Exeter,一个富人子弟的私立中学)会这样不快活,我绝不会让你留在那里。”许多父母们都以为做作家的儿女们所写的都是个人的经验,而不是艺术的创作。

父母们不但将主角指认为自己的儿女,而且甚至也在儿女的作品内找寻自己的形象。这现象可由事实证实。例如,尤金·奥尼尔(Eugene O'Neill)的剧本《长日入夜》(*Long Day's Journey Into Night*),确是描写他的一家的。D.H.劳伦斯的《儿子们与情人们》(*Sons and Lovers*)也是写他自己家庭的。不过这两位作家不必在写作时担心。劳伦斯的小说于他母亲瞑目后始发印。(而据传记家说,他的父亲根本不爱看书。)至于奥尼尔呢?他特别留言,这个剧本须于他去世二十五年后才能发表。奥尼尔于一九五三年逝世,而他的遗孀于一九五六年即将此剧本出版了。

约翰·契弗(John Cheever)无疑也是因为这同样的原因才迟迟不肯出版他的第一部小说《华普肖一家》(*Wapshot Chronicle*)。为了不愿引起他家人的窘迫,契弗将此书出版延期到他父亲逝世的一年——一九五七年。此书故事是叙述新英格兰一个富有家庭的兴衰，正与他的家史相似。

玛丽莲·弗兰奇(Marilyn French)正在写作一部以她母亲生活为根据的小说。故事中心是一个欧洲的移民妇女来到美国新世界做苦工建立新生活。弗兰奇说，她母亲爱好她的小说，从不批评女儿的写作技巧，有时甚至甘愿坐下来对着女儿的录音机倾诉自己在年轻时的经历。弗兰奇本人认为父母的生活并无令人惭愧之处，所以尽量坦白地写出来。

“不过，”弗兰奇说，“母亲在读了初稿后，相当的震惊，而且有些不好意思。但她觉得无权反对……我想她是希望在瞑目前看到此书出版的。我对她的感情只是伟大又伟大的爱。我想这爱将会在书中显露出来。”

虚构小说的作家常有极强的欲望，想了解他的父母或父母的世界。有的作家下意识地需要父母的许可。多数作家在初写小说时往往是自传性的。伯纳德·马拉默德最早的一篇短篇小说，叙述一对货铺中年夫妇(正如他的父母一样)的故事。刊出后，马拉默德很自豪地寄给他父亲。不久，父亲回信致谢，落款“山姆”。山姆是他故事中主角的名字。

马拉默德说,"父亲认得出我写的故事是根据他的生活经验,使我很感动。……我承认我在写作时联想到父亲……我将那篇故事寄他,不过是借此与他亲近一下,使他知道我有这个才能。我想他赏识我这个举动。"

约翰·厄普代克的父母也很欣赏儿子的小说。不过他的母亲自己也有做作家的雄心。她有次对儿子说:"约翰,老实说,我宁愿得到成功的是我。"不过父母二人对儿子成为文人都很得意。父亲就是小说《马人》(*The Centaur*)中的学校教师那个角色。

有一个早晨,正在《马人》出版之后,父子站在当地一个教堂门外谈话。有一妇人自教堂出来,马上向小厄普代克批评他在书中对父亲的描写。父亲转向妇人作辩护说,"不,我儿子把我描写得很正确。"

厄普代克说,"随便你写什么,父母仍能完全地爱你,因为你毕竟是他们的儿子……我想,他们对我能靠写作维生,相当的满意。"

我真希望自己也有资格这么地说一下。不能靠写作维生,是我终生的遗憾。这只证明我母亲在我年幼时的担忧是对的。不过经常有作品发表,也给我带来些内心的喜悦。我想,母亲在世的话,也一定会有同感。

我也多么诚挚地希望祖国做父母的用更多的热情,更多的关切,帮助自己的作家子女健康成长!

一九八一年八月十七日

培养创作人才的“慈善”机构

不久以前，在一个朋友家的集会中，我与美国几个作家交谈。女作家荷汤丝·考立歇尔(Hortense Calisher)特别引起我的注意。她已年近七十，身材修长挺直，仍保持年轻时的秀美风韵。荷汤丝一点没有大作家的矜持态度，谈话和善，随便得很。不久她介绍我与她的丈夫寇蒂斯·哈乃克(Curtis Harnack)相识。哈乃克也是一位作家，可是他的作品不多。我未闻他的名，一时致歉，请他重复他的姓名。他递给我一张名片，上面注明他是“耶陀社团”(The Corporation of Yaddo)的总干事。我承认自己无知，问他：“什么是耶陀社团？是不是与麦克道威尔聚居地(MacDowell Colony)一类的机构？”

哈乃克向我介绍了耶陀社团的详情。确如麦克道威尔聚居地一样，耶陀社团是一个培植作家和艺术家的“慈善”机构,在欧美诸国,这类由私人资助,专门培养穷苦潦倒的创作家的组织,提拔了不少后来闻名世界的作家、音乐家与画家。在社会主义的中国,培养人才是国家的责任。资本主义社会便非有私人方面的资助不可。我觉得我在这里的介绍,可能引起国人对这类外国文艺发展现象的兴趣。

我先得由最著名的“麦克道威尔聚居地”谈起。这个作家聚居地的起源是美国作曲家埃德温·麦克道威尔(Edwin MacDowell,一八六一至一九〇八)。麦克道威尔逝世后,他的夫人比他多活了四十八年。为了纪念她的丈夫,麦夫人将他们在新汉普郡州的避暑乡居定名为麦克道威尔聚居地, 免费邀请有天才有前途的年轻作家前来居住一段时间,使他们可以暂时不愁衣食进益,专心创作。他们所住居的是散落在树林间的平房小屋,行动自由,不受拘束。如要热闹, 可以于早晚两餐时在饭厅与其他作家进行社交接触。如果灵感冲动,不想与外界接触或谈话,可以独居在自己的小屋中,三餐有人带来饭篮放在门口,绝不干扰。在这样清静的创作环境中,不少后来得享盛誉的名家产生了不少杰作。麦克道威尔夫人于一九五六年逝世,在四十八年内,共有四百八十九名作家、二百零七名作曲家、一百七十名画家在此受惠。其中有二十二件作品获得了美国最荣誉的普利策文艺奖。从一九五六年到一九八一年的二十五年中,当然就有了更多的杰作在这里出世。

耶陀社团是另一个类似的机构。不同之处的是它的“恩主”本人不是作家或艺术家,而是一个名叫史宾塞·特拉斯克(Spencer Trask)的纽约财主。地点是在纽约州萨拉托加泉(Saratoga Springs)的一座拥有四十亩田地,花草茂盛林园中的巨厦。这座巨厦当然比麦克道威尔聚居地的平房小屋华美得多,可是也缺少后者的孤独清静的创作环境。这个创作家的乐园成立已有五十年,曾经招待过一千两百多个作家、音乐家与画家。

耶陀社团的起源可追溯到一八八一年,当时特拉斯克在这个以温泉著名的富人避暑胜地购地置产。他要为这个园地起一个名字,正在阴凉的树荫下游玩的幼小儿女们齐叫:“为何不叫它耶陀呢?”(按,儿童发音不准,将“树荫”Shadow 叫作 Yaddo。)这个富含诗意的奇特童音就此而成地名。特拉斯克的儿女都在未成年前病逝。他本人也于一九〇九年因火车失事逝世。为了纪念他的儿女,他遗嘱将此耶陀园地赠给未来的创作家享用。可是开首经费不足,由主持人在各方募捐后,于一九二六年夏才开始收容创作家住客。任何曾有作品出版、展出或演奏的作家、画家、作曲家都可申请。条件是他们的工作态度必须严肃认真。每一部门都有名家组成的委员会评审申请者的作品及推荐人的介绍书。

耶陀园地经年常开，但在暑期人数特多。居留时期是数星期到两个月。客满时有三十二个创作家在场，其中半数以上是文学作家。早晚两餐在食堂共食，中饭则用饭篮送到房间，不打断作家的灵感。白日不接外来的电话。有客人曾说："没有外界干扰，创作的灵感可以自由奔放。"

著名诗人威廉·卡洛斯·威廉姆斯（William Carlos Williams）说："一星期七天，从早餐到中午，从一时到四时，我可连续不断地创作，一点也不受干扰。"他的长诗《派德逊》（*Patterson*），曾被誉为美国诗坛最高的成就，就是在这里写成的。

著名作曲家亚朗·考普兰（Aaron Copland）于一九三〇年在耶陀园地创作了他的名曲《钢琴变奏曲》（*Piano Variations*）。

其他于年轻时在这里住居过的名家多不胜举，这里且提出几位：

诺贝尔文学奖金与普立策奖金获得者索尔·贝娄于一九五三年在此创作了《雨王亨德森》（*Henderson the*

Rain King),获得一九五四年的全国书奖。

小说家伯纳德·马拉默德于一九五八年在此创作了长篇小说《新生活》(*A New Life*)。他的著名短篇小说集《魔桶》也于该年出版。他也是全国书奖与普立策奖金的获得者。

尤多拉·韦尔蒂于一九四一年在此写成短篇小说《初恋》而成名。她的小说《绿帘》(*A Curtain of Green*)曾于一九七三年获普立策奖金。

荷汤丝·考立歇尔的第一部长篇小说《走错了门》(*False Entry*)就是于一九五五年开始在此创作。第二部长篇小说《生活的纹理》(*Textures of Life*)也在这里完成。

文学评论家阿尔弗雷德·卡辛(Alfred Kazin)的第一部评论《在出生地》(*On Native Grounds*)就是于一九四二年在此著作，出版后成为美国文学评论的里程碑。他说:"多谢耶陀，使我能够完成第一部书。"(此书四十年代已由冯亦代译出,改名为《现代美国文艺思潮》。)

去年在纽约与艾青、卞之琳相逢的诗人斯坦利·古尼兹(Stanley Kunitz)首次来此是一九二八年,当时他是一个二十三岁的哈佛学生,刚获哈佛大学学生诗选一等奖。

值得一提的名作家太多了。例如,进步女作家格雷丝·

佩雷(Grace Paley)及中国之友《西行漫记》作者埃德加·斯诺,还有菲利浦·罗斯、杜鲁门·卡波蒂、约翰·契弗、凯瑟琳·安·波特、伊丽莎白·哈威克,等等,也曾在耶陀园地居留过。

音乐家之中,著名的交响乐队指挥兼作曲家莱昂纳德·伯恩斯坦(Leonard Bernstein),华裔作曲家周文中也到过这里居住作曲。

约翰·契弗将耶陀誉为“过去数十年来全世界中文艺最活跃的一块四十亩园地”。

当然,耶陀园地虽然华美幽静,价值千万金,但维持的经费近年来很缺乏,正在向外界募捐中。主持人特别希望过去受惠而成名致富的作家艺人们能慷慨解囊,使后起之秀也有一些希望。

总干事哈乃克与我交谈时,话题自然而然地转往中国。他很热情地建议,如要培植年轻创作天才,像耶陀一类的机构是最有效的一个清静的园地。他似乎很难理解,社会主义的创作家必须向社会、生活、群众学习,这才是一部作品的重要的源泉。当然,清静的环境在一定时候也是需要的。

一九八一年十二月十六日

创作能教吗？

“创作能教吗？”这个问题时常在美国作家论争间与严肃的刊物中出现。由于畅销书的宣传以及无名作家一举成名致富的新闻，美国的一般人误认创作小说而赚钱是件易事：它一不需大学文凭，二不需资本，各色人等都要尝试一下。美国的写作学校如雨后春笋，各种各色都有：函授的，暑期的，正式大学的。招徕学生的广告往往极具诱惑性，好似你只要进学校学了一年半载，就可写部畅销小说发财了。

据一九八〇年的统计，美国全国已有二百五十一个大学设有创作课，比一九七五年多了一百六十六个。在一九七一年至一九八〇年之间，各大学所颁的“创作”学士、硕士、博士学位的数目竟加了倍。单以纽约而言，著名的大学如哥伦比亚大学、市立大学、社会研究新学院等都开设了创作课。

这些设有创作课的合法大学如哥伦比亚、爱荷华、约翰·霍普金斯、斯坦福等并不是学费便宜的学校。学费至少每年几千元,多的达一万余元。自认有创作天才的学生们花了钱,是不是能够像一个医学校毕业生一样有机会赚回本钱呢?(这是美国社会里很多人要考虑的事。)他们进"创作"学校所为何事呢?

道克托罗曾经是创作学校的教师,他说:"教师可以给青年作家个人以独特的勇气。"

一个曾在斯坦福大学上过创作课而后来著书出版的作家说,课室中的批评等于编者的协助;创作课的学生都很认真,他们的注意与批评使你感觉到自己作品的重要。

有的学生们上创作课,目的不外是在找关系。正如做生意一样,找到了恰当的关系,就等于为自己作品的发表打开了门户。有一个名叫阿伦·古迦纳斯的青年作家,在爱荷华大学上创作课时,教师恰是名作家约翰·契弗。契弗欣赏了他一篇习作,悄悄地把它推荐给《纽约客》杂志。《纽约客》表示接受后,契弗打电话通知古迦纳斯,青年作者欣喜若狂。此后,他的作品又连续在《大西洋》月刊与《巴黎评论》发表。像这类故事,虽是千载难逢,却是鼓励青年作家蜂拥前往创作学校的原因。

他们除了上学校去找寻同道者、读者、关系之外,最重要的当然是学习写作。可是创作能教吗?能学吗?大部分人的回答是“否”!有的说:“天才怎么可以学得呢!”有的说:“在过去,作家从来不需要上学上课,现在又何必呢?”创作的天才也许教不出来,可是写作的技巧却可以学。海明威自斯坦因(Gertrude Stein)学得门槛,诗人T. S. 艾略特也曾仿学过庞德(Ezra Pound)。最重要的是年轻写作者必须将写作作为一种认真的生涯。

初学者在学校中最起码的可以学得如何认出陈词滥调而尽量避用。其他的写作技巧可以学得的是:文句的铿锵有调的节奏,形容词与助动词的可避则避,如何运用正确的动词,如何挑用具体有力的文字来确切地达意,甚至基本文法。

这里且看看认为“写作可教可学”的几位名家的意见:

在哥伦比亚教课的诗人史蒂芬·柯奇(Stephen Koch)教导学生模仿已成名的诗人的作品,他还出了奇特的题目刺激学生的想象力。他认为写作是可以教导的。

曾在纽约市立大学及耶鲁教课的女作家弗兰辛·格蕾(Francine du Plessix Gray)也认为,学习写作的最好办法是熟读名著,模仿名家的作品,进而锻炼自己的想象力与写作。

曾在萨拉·劳伦斯女子大学教课的道克托罗只教他的学生“写,写,写,多写”。他对学生们说,创作家与非创作家之间的分别便是:前者讲究“写”,后者讲究“不写”。做研究、摘纲要、做计划、讲话等都是“不写”。他鼓励学生不要多言,不要做琐事,只要坐下来连续不断地写。

在约翰·霍普金斯大学任教的约翰·巴思说,他其实不是教师,而好像是一个体育教练。他认为学生们必须学习尊重他人的作品,要客观,要有自知之明,去除“文章是自己的好”这类主观偏见。他的任务是指导青年作家形成文学写作的习惯,去除初学者所常有的矫揉造作的坏倾向。

女作家格雷丝·佩雷说,创作课的一个有利处是免除了作家的通病:孤寂。不但学生们可以有一个地方讨论自己的作品,即连教师们,在孤独写作之后,也可有一个地方去谈话发牢骚。

可是也有作家们发现,教导学生写作,对自己的写作没有帮助。女作家安妮·泰勒(Anne Tyler)说她有这么个经验:某次她在一个写作学校教了一星期的课,对写作的技巧过分敏感,以致有一个星期不能写作。不少兼教职的作家们感到，在教室中讲得太多，精力与意念耗竭，回家后自己反而没有灵感来写作。

真正要展翼自飞的青年作家不会在写作学校中长期逗留。不然，他的依赖心会滋长，而自信心却逐渐地失去。有一个学生在爱荷华的写作学校待了两年，每星期带一篇作品去课室讨论，受一二十个同学的抨击。这类批评都是严酷无情的，而且不一定正确。这位青年失了自信心，有两年不能写作。后来才发现写作学校对他有害无利。

一般的写作课情形如下：教师作讲解后，出题目(或学生自出题目)命学生作文。交卷后，学生朗诵自己的作品，由教师予以剖解与分析，其他学生也参与讨论和批评。这类批评有时也不无意气用事，文学批评与个人批评混杂在一起，结果会使受批评者非常难堪，反而影响创作能力。

此外，由于学生间才能与性格的不同，课室内往往形成“明星”制。可是，当“明星”的多是性格外向、能言善辩的，不一定有创作天才。相反地，真正有创作天才的如果性格内向，却不一定会受到教师与同学的注意。在这种情况下，喜欢个人独自写作的人们，要去上写作学校，实是错误。

美国目前写作学校以及梦想成为名作家的人士之多,已使文学界某些人士有所关注。写作学校的原意是培植创作人才。可是有的大学甚至设有写作学校“研究院”,他们鼓励学生继续上课,来日取个写作的学位,便可留在写作学校做教师为生。这就不免造成非作家教导未来作家如何写作的荒谬现象。只有美国才会有这种怪事。

写作学校的风行, 尤其是大学中写作课的开设已在逐渐产生另一个不良的倾向,即是把“文学”课与“写作”课一分为二。这类学校给人的另一印象是:写小说只有两条路,一条是对的,一条是错的,只有写作学校的教师才知道正确的路径。

这个观念当然是错误的。因为它忽略了写作是艺术这一面。学艺术除了其他要求外,还在于学习者本人的想象力与创造力。初学写作者进了学校后,不自觉地企图迎合教师所好,结果反而束缚了自己创作力的发展。这就丧失了“创作”二字的原意,而“创作”,必须是独创性的。

一九八二年八月二十二日

《纽约客》,美国最成功的文艺杂志

《纽约客》是美国杂志界在经济与内容上最稳固的一个杂志。它好像一条极为稳重的帆船,历年来在剧烈的风涛激浪中,不但没有被吹翻,而且仍保持原来的指针方向。这是美国出版界一个很难得的现象。《纽约客》以其老成持重的态度,不但保持了原有的忠实读者,而且也吸引了新读者。

《纽约客》是怎么样一个杂志呢?它已不是一个绝对的幽默杂志(只有它的漫画具有讽刺性,幽默文章近来很少)。三十年代时中国人说《论语》模仿《纽约客》,其实《论语》的内容更近于英国的《喷击》(*Punch*,传统译法作《笨拙》)。当然,也有人说《纽约客》也是模仿了《喷击》。这两个杂志所载的漫画相当类似,可是内容则有性质上的不同。《笨拙》迎合伦敦或英国人士的口味,多是短小精悍的杂文性的讽刺文章。《纽约客》注重的则是散文性的隽永小品文章。

自从它于一九二五年创刊以来,《纽约客》的文艺写作与新闻报道的作风在过去五十五年中对美国报章杂志界的作家们有极大的影响。所谓《纽约客》作风,许多初出茅庐的作家都要模仿。未成名作家的唯一奢望就是在《纽约客》上发表文章。这也怪不得他们。目前最红的两个小说家约翰·契弗与约翰·厄普代克便是在《纽约客》起家的。有一个时期,厄普代克还是它的编辑部人员。即使现在成了名后,厄普代克仍经常在《纽约客》发表书评与短诗。

在它的五十五年历史中,《纽约客》共只有两个主编。目前的主编威廉·肖恩(William Shawn),年已七十二岁。虽然他本人尚无意退休,但文艺出版界谣言纷纷。由于《纽约客》在美国文化界地位的重要,主编人的更换,举足轻重,所影响的也涉及广告、经济及金钱问题。在美国,任何动态涉及金钱,便成为一个大问题。《纽约客》的未来主编人是何人,甚至会受到华尔街的银行界的注意。

《纽约客》的第一任主编,也即是创刊人,乃是已故的美国文坛怪物哈罗德·罗斯(Harold Ross)。他已去世二十八年了,但在他去世之前,凡人要谈到《纽约客》,必要将它与主编人罗斯的名字联在一起。《纽约客》是罗斯一手创造的。五十五年来,《纽约客》的风格并不因时势而有大变,仍保持其销路及影响。这可证明罗斯在杂志的编辑艺术上是一个天才。他在世时的著名古怪脾气,仍常是人所乐道的。事实是:以罗斯的天才,能识别一篇文章的好坏,也能体会到读者们对杂志的需求,但他本人并不会写文章。

罗斯出生于一八九二年,只在盐湖城受过中等教育,也没有入过大学。十三岁时在盐湖城一家报纸当采访员,十八岁去加州,在数家报纸连续当记者。第一次世界大战时,于一九一七年投军,但不当正式兵士,而成为美国陆军出版的《星条报》(*Stars and Stripes*)的编辑,对富含幽默性的风趣文字特别有兴趣。

战后,他当过几个杂志的编辑,于一九二五年二月他创办了《纽约客》杂志,助手是漫画家与小品文作家詹姆斯·塞柏(James Thurber)。杂志立即以幽默小品文与漫画著名，并对美国新闻报道写作及幽默小品的作风大起影响,在美国杂志史上立定脚跟,而罗斯在编辑界也名誉大扬。

《纽约客》是周刊,每星期出一期。五十余年来从不误期。它的内容分为下列各栏，五十余年来也很少有变动:

除了短篇小说与小品文之外，有书评、剧评、影评、美术评论及音乐评论，有专门讨论体育、跑马、时装、娱乐的专栏；杂志的前部开列一星期的电影院节目、剧院节目、博物院日程、画廊展出等；然后第一个专栏是“本城闲话”(*The talk of the town*)，第二个专栏是“笔记与评论”，随便谈论一周内纽约本市令人有趣的琐事，或访问有新闻性的外界来客。其他专栏有“侧像”，是对不平常人物的传记性访问；有“华盛顿纪事”，用文艺笔法报道美京政治。它的漫画当然是最享盛名的，但它的短篇小说和诗也很受文艺界重视。许多青年作家，甚至也有已在他处成名的作家，都极愿挤入《纽约客》的版面。无名作家只要在《纽约客》上出现了一次，即可受到出版界注意。出版商物色写作人才的，在《纽约客》的篇页上寻求摇钱树。这个形容也许过分一些，因为《纽约客》的作家都是比较认真的，文学性的。但是欧文·肖和已故的约翰·奥哈拉(John O'Hara)的作品很替出版商赚了钱。而契弗与厄普代克不但文学上有成就，在商业上也有成就。

历来在《纽约客》上经常出现的名作家很多，这里只随便举几个名字：爱德蒙德·威尔逊、陶乐西·帕克(Dorothy Parker)，E.B.怀特(E.B.White)，杜鲁门·卡波蒂，奥登·纳什

(Ogden Nash),凯·波也耳(Kay Boyle),约翰·黑塞。记得上次大战结束后,《纽约客》异想天开,将全期篇幅登载一篇长文,即黑塞所著关于广岛受原子弹轰炸后的目击记。这种新颖编式及长文的内容轰动了全世界人士。黑塞近来的著作出版得不多,多年来在耶鲁大学任教职。

《纽约客》的漫画、诗、短篇小说也曾出了不少单行本。由于杂志销路好,读者多,广告收入也大。(广告商注重的是实销路,不是虚销路。所谓虚销路,有的杂志,往往以极廉的定价拉读者,好似免费出送。读者订了,却不一定看。《纽约客》的读者是实销路的读者,每期必读,因此广告效力也大。)罗斯当时是美国数一数二的名编辑,特别受广告商等人士的尊重。他于一九五一年逝世。对《纽约客》杂志及罗斯生平有兴趣的人们,可以阅读这四本书:一九五一年出版的《罗斯和〈纽约客〉》,代尔·克雷默(Dale Kramer)著;一九五九年出版的《与罗斯相处的几年》(*The years with Ross*),詹姆斯·瑟博(James Thurber)著;一九六八年出版的《罗斯,纽约客和我》,简·格兰特(Jane Grant)著。格兰特也是《纽约客》作家,一度曾嫁与罗斯;一九七五年出版的《纽约客在这里》(*Here at the New Yorker*),布兰登·吉尔(Brendan Gill)著。吉尔是《纽约客》

一个多产的编辑及作家，书中述及编辑部内情，各色作家的脾气习惯等，很具风趣。

但这些书中都难得提起目前的主编人肖恩。肖恩此人据说怕羞得很，不喜出风头，所以外界人士难得知道他的底细。他很少接受记者的访问。他的名字甚至没有列在《名人录》(*Who's Who*)之中。但他已远超过退休的年龄，而《纽约客》近来又闹了两个小风波，外界对《纽约客》的前途极具好奇性。《纽约客》的销路约已达到五十万份。五十万份在美国杂志界也不算极大销路，但是因为这个销路是“实销路”，故在广告上可算是有高效的。一九七八年度的广告收入达两千七百万余元，较一九七七年超过了百分之十四，而杂志的广告页也增加了百分之六。广告价最高的是四色封底页，全页一万五千元。由于通货膨胀之故，一九七九年度，这个数字还将更大。

《纽约客》在文艺价值上及商业价值上的联系双重成功，很受到其他杂志编辑界的艳羡。因此近来所闹的两个编著上的小风波竟成为《纽约时报》页上的热新闻。这两件事都与文章内容的“准确性”有关。

一是约翰·麦菲(John McPhee)所作的“侧像”专栏的一个大厨师的访问记。这厨师不用真名，向麦菲批评纽约市中一家最高贵的法国餐馆不用鲜鱼,只用冻鱼。那个餐馆老板大怒,公开证明他并不用冻鱼。这事件在我们看来是一件不足道的琐事。但在美国,这类文章会大大损害餐馆的生意。《纽约客》认错。作者麦菲也不好意思,尤其是近年来他所出的几本书甚得好评。

另一事件涉及英国著名作家格雷厄姆·格林,比较严重一些。《纽约客》作家佩内洛普·吉里亚特(Penelope Gilliat,也是英籍)为“侧像”专栏写了一篇格林的访问记。不料格林公开批评该文对他的描写不够正确。同时,另有一个作家公开批评吉里亚特抄袭他于两年前在《民族》杂志所发表的格林访问记。这个事件发生后数天,《纽约客》宣布吉里亚特因健康不佳请长期病假。我猜想她是给革职的。她是《纽约客》所雇用的“内部作家”(Staff writer),专门写影评。(美国杂志多是用所谓Staff writer,很少依靠外来的投稿。)

因为这两个事件具有新闻性,肖恩便不得不接受《纽约时报》记者的访问。他也谈到自己的退休与接替人,但仍不愿公布。一般而言,《纽约客》的编辑部人士与内部作家都对肖恩甚具敬爱。他对下属态度和婉,但所要求的写作标准极高。因此他的绰号是“铁耗子”(好像是小鼠,其实是硬汉)。布兰登·吉尔说,“我们文章如果被他拒绝,心情就好似给处了暂时的死刑。”吉尔不相信,也不愿相信肖恩会退休。

我上面述及《纽约客》全期登载黑塞的劫后广岛目击记,便是肖恩的主意,并且说服罗斯的。在肖恩编务下,历年来所发表的著名文章有:雷切尔·卡逊(Rachel Carson)的《静默的春天》,首次指出工业发展所造成的污空气如何伤害大自然;黑人作家詹姆斯·鲍德温(James Baldwin)的《下次的火》,热情地为黑人申冤;杜鲁门·卡波蒂的《冷血》,以小说笔法描写两个犯了谋杀罪的凶手,创造了所谓“非虚构的小说”等,这里也写不尽。

因为国内多年来没有看到《纽约客》,我这篇谈话,举了这么多的名字,对读者也许枯燥无味一些。但是《纽约客》是美国一本在商业上最有成就的头等文艺杂志,我觉得值得介绍。一般其他的文学杂志,根本不能靠广告而自立自存。

《党派评论》与《巴黎评论》

三十年代初期正是国际法西斯主义思想崛起的时候,作家们深感威胁。第一次美国作家大会的举行受美国共产党支持。到一九三七年举行第二次大会时,共产党已退居后台,口号是“人民阵线政策”,目的是在联合无党无派的民主分子。参加大会的有海明威,名诗人阿契波·麦克里修(Archibald MacLeish),文学批评家马尔可姆·考莱(Malcolm Cowley),肯尼思·波克(Kenneth Burke),沃尔陀·弗兰克(Waldo Frank)等。

那时的美国左翼作家阵营已在渐渐分裂。一小部分作家与美国共产党分手,这些作家包括后来成名的玛丽·麦卡锡、狄威·麦克唐纳(Dwight MacDonald)、菲利普·拉夫(Philip Rahv)、威廉·菲利普斯(William Phillips)。他们都是马克思主义者,可是对当时的苏联共产党路线与斯大林政策公开表示不满。

美国的著名左翼文学刊物新《党派评论》(*Partisan Review*)就是于这时问世,由上面所述的这些作家联合编辑。

《党派评论》虽然不是大学出版,由于它所登载的作品注重严肃文学,质量高,也可被列为“小杂志”。“小杂志”中的两个佼佼者是《党派评论》与《巴黎评论》(*Paris Review*)。它们与众不同处是在于内容的成熟,作家的有名,销路亦较大。随便拣一本,你可见到女作家乔伊斯·卡洛尔·奥茨、名诗人詹姆斯·狄基(James Dickey)这些名字。本文所要介绍的便是这两份在美国文学界、出版界特别受重视的非商业性文学杂志。

《党派评论》开初出版之时,两个主编是菲利普·拉夫与威廉·菲利普斯。四十余年后,菲利普斯仍是主编,拉夫却已于多年前因政见不同而退出。实际上,拉夫不但是初期《党派评论》的台柱,而且也是第二次大战前后美国左翼文学界最有影响的一位编辑兼文学批评家。《党派评论》那时是文学界高级知识分子集中地,除了上面已列过的几个名字之外,尚有爱德蒙德·威尔逊、莱昂内尔·屈瑞林(Lionel Trilling)、汉娜·阿伦特(Hannah Arendt)、西尼·霍克(Sidney Hook)、德尔莫·施瓦兹、保罗·古德曼(Paul Goodman)。这些人士后来都成为著名文学评论家或社会科学家。他们从马克思主义思想的立场出发,常常辩论时局与文学倾向,在《党派评论》发表。后来有的思想转而右倾,如已故的屈瑞林(曾是哥伦比亚大学文学教授)和霍克(曾是纽约大学哲学教授)便是两个例子。

《党派评论》的前身原是于一九三四年问世的一个美国共产党机关刊物,编辑包括拉夫与菲利普斯。但是刊物不久即告夭折,同时,此二位编辑对美共在政治与文化上完全追随苏共路线逐渐感到不满。在一九三七年的作家大会后,他们将《党派评论》复刊。

三十年代后期正是反法西斯主义左翼文坛极为活跃的时候,《党派评论》立即成为美国高级知识分子圈中一个重要刊物。在政治上,这些作家们被指为“托派”,因为他们批评斯大林。在文学与艺术方面,他们激进的先锋派作风也引起很大注意。可是他们的处境并不稳定,一面受共产党攻击,一面受右派学术界攻击。

这些攻击实际上不能左右《党派评论》,包括拉夫的思想,自始至终,他都是一个激进分子。他一度曾任布兰达斯大学教授,住在波士顿高级住宅区,过着布尔乔亚式的富裕生活，而一面仍在猛烈抨击这个给予他经济上成就的社会制度。从五十年代至六十年代，他的态度越来越反美，大大地影响了六十年代美国青年的社会革命（黑人人权运动、反越战运动、女权运动等等）。目前爱好文学的青年难得有知道拉夫这个名字的，可是他在美国知识界与文化界所留下的痕迹，不可抹杀。

另一个值得一提的《党派评论》初期人物是诗人德尔莫·施瓦兹。这个名字对年轻人来说，也许不熟，可是读者如有机会读到诺贝尔文学奖金获得者索尔·贝娄的小说《洪堡的礼物》时，请注意书中的主人公便是影射施瓦兹。施瓦兹也写短篇小说与文学批评，能争善辩，深深地刺激了当时的文学论争。

施瓦兹在《党派评论》编务方面最活跃时期是一九四三年至一九五五年，写了不少篇文学评论，最引起文学界风波的是他与莱昂内尔·屈瑞林的论争。这个论争将《党派评论》的作家阵营一劈为二，但同时也巩固了它在现代文学与先锋派运动方面的开创者地位。

论争的要点在于屈瑞林认为，现代文学名著与激进派政治不能和谐统一，《党派评论》作家们既然深爱现代文学名著，就与他们的政治观点相矛盾。《党派评论》摒斥这个论点，施瓦兹、拉夫与其他作家起而反击，整个文学艺术界的现代主义者纷纷响应。屈瑞林在围攻的情势下渐渐右倾。他的文学批评家声誉也因此遭了挫折。可是有人指出，拉夫本人于早期对亨利·詹姆斯的作品深加赞扬，到了后期又完全否定了自己的初见，不是证实了屈瑞林的理论？

至此为止，我在这里所述的不过是美国左翼文学运动一些皮毛，主要是在替《党派评论》的介绍搭起一个背景。四十年后的现在，《党派评论》的《作家在著作》单行本已发行了五部，是初学小说创作者的“圣经”，也可用来做写作学校的教科书。

由于主编的交友广泛，《巴黎评论》常有文学界稀有珍品出现。近来一期刊载了一篇从未在他处见过的海明威遗作《短篇小说艺术》，这篇珍品的来源读来犹如一篇故事：一九五九年三月，出版家斯克立勃纳(Charles Scribner Jr.)请海明威将他的短篇小说编成一本专给大学生阅读的选集。他自己选了最受人喜爱的十二篇，请海明威也挑几篇，并请他写一篇有关短篇小说艺术的序言，给学生们在课堂作讨论之用。海明威立时同意。

海明威夫人玛丽在打字时，发现这篇文章有自吹自捧、蔑视其他作家的倾向。斯克立勃纳也认为这篇论文不能用作大学的教材。海明威最终听取妻子与出版商的劝告,没有发表此文。原稿存在肯尼迪图书馆中,版权属于海明威基金会。二十余年后,此文终在《巴黎评论》发表,成为文学界一件新闻。

同期的《巴黎评论》还发表了一篇威廉·福克纳的鬼故事《狼人》。原来这是一篇福克纳生前向他侄儿女们口述的儿童故事。侄女在幼时听了故事后,印象甚深,成年后便凭她的记忆用福克纳的辞藻与文风记录下来发表。

凡此种种,都使《巴黎评论》成为一本独特的文学杂志,使文学界、学术界、出版界不得不予以特别注意。

《巴黎评论》的筹办其实是在一九五一年春季。当时巴黎多的是美国青年作家,希望学海明威的榜样。最初有新创刊物念头的是彼得·麦蒂生(Peter Matthiessen)与哈罗德·休姆斯(Harold Humes)。创刊号出版时,普林姆顿恰自剑桥大学赴巴黎游历,即被拉角当了编辑。由于他有余暇,终而成了刊物的全权负责人。二十余年来,在《巴黎评论》发表而后成名的作家众多(例如威廉·史泰朗的《苏菲的选择》即是近年畅销书之一),黑人作家理查德·赖特(Richard Wright)、欧文·肖、诺曼·梅勒等都曾在此发表作品。还有的成为高级的文学代理人，有的成为书局总编辑。当前美国质量最高的书评杂志《纽约书评》的主编人之一罗伯特·西尔弗斯(Robert Silvers)年轻时也曾一度当过《巴黎评论》的编辑。

《巴黎评论》的编辑部于一九七二年搬至纽约，一直设在主编乔治·普林姆顿的家中。乔治以好客闻名，因此他的家就成为非正式的纽约文艺沙龙，好在他的私人进益不少，毫不在乎。他开派对，应邀者都是文艺界著名人士。有一时期，《巴黎评论》那批人士甚至被目为"纽约文艺界的中心"。肯尼迪总统遗孀杰奎琳有时也是乔治家中派对的客人。文艺与时髦混在一起，这就是乔治·普林姆顿的作风，也就表明《巴黎评论》虽不是一个商业性文学杂志，却有其布尔乔亚的背景。令人感到可敬的是它坚持发表纯文学作品。

美国的文艺杂志之多，难以计数。这里所述的两种，代表了美国当代文学重要的一面。不过在商业化的社会中，有天才的作家往往有不可避免的终局：趋向商业化。《党派评论》与《巴黎评论》这类标榜清高的文学刊物至少有两项用处：一、培养新作家，给无名作家一个发表的地盘；二、收容老作家，给成名的作家做避难所，发表他们的纯文学作品。

《巴黎评论》不久将出一期介绍中国文学的专号。何时问世，尚不得而知，因为主编乔治·普林姆顿出外度假去了。

一九八二年四月十日

知识分子与美国读书界

美国朋友与我讨论时事。他问我,为何在有关中国的新闻中,往往叫中学生为 intellectuals(知识分子)?我解释说,这是两国情况不同所致。中国人所称的“知识分子”,与英美人所称的 intellectuals 不能互画等号。中国所谓“知识分子”是指识字的、受过教育的、懂得常识的。在解放之前,绝大部分群众未受起码教育,因此一个受过中等教育的人,也可称得上一个“知识分子”。而在英美,所谓 intellectuals 就只指社会上层有学术造诣的人士,如教授、学者、科学家、作家、编辑等。单是一个大学毕业生,并不一定是个 intellectual。这犹如中国人说一个人“有文化”,指的是此人识字 (literate),而英美人所谓 a man of culture 是指有文化修养的人,绝不能混为一谈。美国朋友听了,恍然大悟。

我写这段开场白，是因为在这篇通讯中，我要不时提到 intellectuals。如果单纯译为“知识分子”，恐要造成误解，故暂且译为“高级知识分子”(英文中为了强调，也有 high brow intellectuals 之称)。美国的高级知识分子在读书界具有举足轻重的地位，书评主要是为他们服务的，因此书评家或文学批评家，在文艺界的地位也高过剧评家或影评家，因为后者的对象主要是一般的观众。

但书评与文学批评又有不同：前者仅是介绍新书，这本书可能没有价值，但是流行，因此书评有新闻性，有时间性；后者则是对具有文学价值但可能乏人问津的作品作出分析与评论，没有时间性。而且文学批评文章本身就是一篇文学作品。例如美国最有名的文学批评家前几年亡故的爱德蒙德·威尔逊，生前就难得写有时间性的书评在报刊上发表。

美国出版界是一件大生意，书评的毁誉对一本新书的销路和生意有极大影响，因此书评与书评杂志不但在读书界受到高级知识分子的重视，而且也受出版界和广告商的重视。

《纽约时报书评周刊》是美国最有权威性的书评杂志，是《时报》的星期日附刊，《时报》另有每日书评，叫《时报书评》(*Books of The Times*)专栏，与上述那个自己有编辑部的《书评周刊》是两码事。《纽约时报书评周刊》接到新书后分寄全国各地(主要是高等学府)请学术界专家评介，而《时报书评》则由该报雇用的专职书评家撰写，两者在业务上并无直接关联。因此，有时同一本书可同时获得不同的评价。

《纽约时报书评周刊》地位所以高，是因为《时报》读者对象是高级知识分子之故。如果说《时报》的日刊主要销路限于纽约一地，星期刊则遍销全国，读者包罗全国各界最有权威的人士，他们都把《时报》当作圣经，每天每周必读，平时言谈之间，常说《时报》怎么说怎么说的。因此其他各报(如《华盛顿邮报》、《洛杉矶时报》、《圣路易斯邮报》各刊（如《纽约客》、《星期六评论》、《时代》、《新闻周刊》、《新共和》、《大西洋》、《哈泼斯》)的影响，都远远不如《纽约时报书评周刊》。

然而在美国高级知识分子中地位最高的刊物，还不是《纽约时报书评周刊》，而是十七年前才创刊的《纽约书评》。它既非周刊，也非双周刊或月刊，每年出二十二期，平时一月两期，暑期一月一期。订户几乎全部是高级知识分子，销路虽不如《纽约时报书评周刊》，但因读者的质地高，影响反而更大，甚至带有一些高级知识分子的高傲气味。它创刊于一九六二年冬季纽约各报大罢工之后。那次罢工历时达三个月，纽约各剧院、影院、餐馆、百货公司等因无处刊登广告，营业骤减，生意清淡，特别受打击的是出版界。

那些高级知识分子每天不看《纽约时报》，好似每天不喝咖啡不抽烟一样，就会坐立不安，茶饭无心。但同时，一些最有地位的高级知识分子，对于当时最受重视的三家书评周刊(除《纽约时报书评周刊》外，还有《星期六文学评论》和后来停刊的《纽约先驱论坛报书评周刊》)原来已有不满，认为太商业化。爱德蒙德·威尔逊这时便说："印刷工人一罢工，《时报书评周刊》就失踪，这说明有没有它，无足轻重。"

他们心目中理想的书评刊物是伦敦的《泰晤士报文学附刊》，这时遂乘纽约各报大罢工之机，创刊了《纽约书评》，初意是填补报纸罢工所引起的空白，但十七年来，不仅已站稳了脚跟，而且有领袖群伦之势。它的创刊主要人物是已故诗人罗伯特·洛威尔的前妻，文学批评家伊丽莎白·哈德威克。

这刊物与《纽约时报书评周刊》有相当的不同。后者有商业性，因要拉出版商的广告这个生意经的关系，登载的书评无所不包，甚至有流行通俗小说、侦探小说、科幻小说之类的评介；每篇文章不长，每期可多载几篇；写书评的虽是高级知识分子，但不一定是头等人物。而《纽约书评》则全部由美国东部文学圈人士包办，有些瞧不起别人的高傲姿态（这使我回忆起，在抗战以前中国文坛有京派、海派之分，而京派瞧不起海派一样）。它所刊文章着重分析，不作一般简介，有时文章长得要命，从一本书敷衍开去，书评竟成了讨论某一个问题的专论。

它的第二个特点是有不少书评作家是所谓“新左派”，强调时代趋向，因此书评也偏重与当前时局有关的主题。例如在黑人人权运动蓬勃开展之时，该刊发表了不少对黑人激进派如黑豹党表同情的书评。越战激烈时，著名女小说家玛丽·麦卡锡等就借书评(当时有不少有关越战的书籍出版)为名，写了长篇大论的批评美国政策的文章。这是六十年代美国社会中影响最大的两个问题，当时激进派流行一时，英语中甚至有了专门的词汇，叫作 radical chic(激进派时髦)，有的百万富翁不甘“落后”，与文艺界巨子联合开派对，请黑豹党人等激进派参加。凡此种种，《纽约书评》对其不无影响。

对于中国，该刊也相当关心。例如，在邓副总理访美之后，该刊三月八日的一期首篇长文就是著名汉学家费正清所写，一口气评了九本有关中国的新书。

但是话得说回来，就出版界生意和读书界影响来说，《纽约书评》究竟曲高和寡，稍逊于《纽约时报书评周刊》。

一九七九年三月九日

编辑与作家之间

在美国发表文章,无论是散文、小说或论文,几乎没有一篇是一字不改完全依照作者原文而刊登的。十余年前,我在旧《星期六评论》发表散文时,负责的编辑(一个杂志有十来个编辑)常会在他工作时间打电话给我,征求我的修改意见,因为他正在推敲我的稿子,认为某处不够含蓄,或某点不够清晰,所以要与我商讨。他要加这一个字,改那一个句子,务求我们二人都认为十全十美的地步,始能付排。去年春天,我为《纽约时报》社论对页版(Op-Ed page)写一篇回国见闻印象记,编者也曾二度来信,请我照她的意见删改。而在刊登前的数天,她的助编又来电话,请我更改几个字,使文章的含义能更准确。

编辑的这种认真态度,不但对于我是这样,而且对头一流名作家也是这样。

美国编辑,特别是书局的编辑,在出版界占了很重要的地位。他们自己不一定是作家,对外很少为人所知,但对作家们的影响很大,有时简直可目为“合写者”。通常一个作家成名之后,都有一个在精神上受其鼓舞、在写作上受其引导的编辑。这类作家与编辑间的关系如果密切了,往往造成作家随编辑而行的现象:即编辑如果换了书局,作家也随之而去。而书局如果要将一个红作家从另一家书局挖过来,最好的办法便是出高薪先将他的编辑聘请过来。

美国名编辑有的是,但名声都是在本行业之内的,一般读者不会听到。唯一特别脍炙人口的名编辑当然是马克斯威尔·帕金斯(Maxwell Perkins)。由他扶持成名的一流作家包括海明威、司各特·菲兹杰拉德、托马斯·伍尔夫,及詹姆斯·琼斯(James Jones)。琼斯的一举成名的处女作《从这里到永恒》(*From Here to Eternity*)是在帕金斯鼓励下写的,也是帕金斯逝世前的最后一个编务。在文学界最出名的故事是他如何帮助伍尔夫成名。伍尔夫富有创作天才,但所写的初稿乱七八糟,没有组织,且水分太多。帕金斯往往花了不少心血,帮他改写校订。伍尔夫的第二部名作《关于时间与河流》(*Of Time and The River*),是帕金斯一生最大的挑战,他花了两年多时间始将此书编出一个头绪来。

编辑对作家在创作上的鼓舞十分必要。一个出色的编辑,将作家的初稿熟读之后提出意见,务求在内容、风格、情节三方面达到精益求精的地步。我想在这里介绍美国几个著名出版公司的编辑经验。国内著作界人士,无论是编辑或作家,读来也许会引起共鸣。

通常每个编辑每年约负责十部新书的稿件。他与每一作者密切联络,随时注意写作的进展,并时进良言,帮助触发作家的灵感。威廉·毛罗(William Morrow)出版社的编辑主任詹姆·兰狄斯(Jim Landis),因身为主任,在过去一年中所负责编辑的新书多达三十六部。兰狄斯不到四十岁,精力充沛,几乎是一天二十四小时地工作。白天在办公室,他的任务是看清样,选择书籍装帧设计,联系作家,与文学代理人争论,及各种其他行政上的事务。到了晚上,他才有实际上编审稿件的时间,而这个重要工作是带回家做的。

他的办公室有时在一天内会收到二十部书稿,有的已订了合同,同意出版,有的尚须研究酌定。已经决定出版的当然必须加以迅速编审,所以有时他会带了好几部书稿回家,同时审订。他的审订方法是很有组织性的。第一,他用一支蓝笔修改文法与拼写,同时他也用这支蓝笔做笔记。每一部必须编审的书稿, 都有一个专用的笔记本。其次,他用红笔在笔记本上划出重要意见,以便在与作者相见时,向作者提出讨论。(这个笔记本是他和作家商讨时的指导。)最后,他用一支削尖的铅笔在稿纸边缘记下要提的问题。

兰狄斯说,他在编审书稿时很是认真,如有疑问,必记下来。有一次在审订一部长达一千两百页打字页的书稿时,在每页上平均记下六个疑问,全部共达七千余个,打破了世界出版界的纪录。当然,他在与作家相商时,频频不断地提出这些问题,也很使作家头痛。麻烦的是,作家们的脾气中外一律: 文章总是自己的好。在这种场合下,作家如坚持不改,兰狄斯认为编辑也实在无法可施,不应勉强,而移往下一个疑问。但是在书问世之后,这一点如果引起书评家的质问,编辑便觉得有人为他出了气。

兰狄斯说,他在编审一部小说书稿时所注意的是:一、性格的刻画是不是有前后不一致、不协调之处。二、戏剧性的高潮来得太快,还是来得太慢了。三、文字的风格。有时作者写了败笔,自己不能察觉到,非得由编辑指出不可。

作家最需要知道的是：这本书读来是否顺口？是否动人？有没有松懈之处？编辑是他的头一个认真的读者，因此作家往往很依赖他的编辑。

兰登书屋的编辑安妮·弗利古德（Anne Freegood）认为，一个编辑与作家间良好关系的最重要因素是互相信任，所以她对选择一个作家特别小心。第一，她必须心爱这部书稿。如果她一开头对书稿即有异议，那不如不接受那个作者。她既不想与作家有持久的争辩，也不想推翻作家的初衷。编辑的任务是帮助作者，而不是替作家重写。

她在初步确定喜爱书稿并觉得可与作者建立互相信任的关系后，第二步便是将已修改的书稿重读一遍，有时也读第三遍。她不赞同作家将书稿一章一章地交卷，认为这样过于片断，使她编审困难。她在读稿时常将她对情节或性格刻画有疑问的地方摘出来以与作者商谈，经作者同意后再改写。

霍尔特-莱茵哈特-温士顿(Holt, Rinehart and Winston)出版公司的高级编辑玛丽安·伍德(Marian Wood)在编审一个作家的书稿时，坚持“少即是佳”的原则，尽可能地不干预作家的创作过程。她认为，编辑的任务不是替作家重写，而是供应各种疑问的答案。作家一有疑问，伍德则必有长篇答复。她会详细分析这个那个角色的刻画为何不够深刻，或这一段那一段的情节为何不合理，或是这里不够紧张、那里有些重复，等等。她注重的是指出作者的错误。一个好的编辑正如一个书评家，从读者的观点读稿，而又以编者的专长提出错处和修改的意见。

由于个别的作家自有特殊的创作方法，编辑便应在心理上与技巧上对各个作家作不同的应付与处理。有的作家在交稿时，已将原稿写得整整齐齐。有的则马马虎虎，零零碎碎地交稿。伍德对后者那类作家最无好感。但如这作家有才能，那她的看法就不同了。

已故罗斯福总统夫人的新传记《爱琳诺》(*Eleanor*)的作者罗达·勒曼(Rhoda Lerman)就是这样一个作家。她写稿时零零乱乱，一有灵感，即在打字机上打出几页。交稿的时候，前后没有次序，有的稿纸上甚至没有页数。她与伍德已合作了三部书。开首写罗斯福夫人的传记时，她的没有组织性的写法，受到了伍德的批评。但勒曼是一个小说作家，不知如何有次序地写实事。伍德灵机一动，劝她以第一人称的自述小说方式写这部传记。果然不出所料，她的风格使这部传记写得十分生动。当然，她交稿时还是零零乱乱的，须由编辑伍德加以梳理，才成为一部像样的书。

法拉-斯特劳斯-吉罗（Farrar, Straus and Giroux)出版公司的编辑帕特·斯德拉钦(Pat Strachan)的编辑方法又有不同。她觉得做编辑的第一步任务是将自己当作一个客观的读者。她收到一部书稿后，把铅笔放在一旁不用，先一口气迅速将它读完，暂时不发表意见。然后在第二次慢慢地细读时，才用铅笔将有疑问的地方点出来，与作者讨论。如有特别疑问，就在稿纸边上画一个问号。如果单是笔误，她就自作主张地改了。

斯德拉钦说，没有经验的作家的最大错误是啰唆。往往一个很可以用简明短句写清楚的意思，被修头饰面地写得又难读又难懂。这类作者太低估读者的智力，以为凡事必须详细解释。其实形容词与副词不应多用。对白的本身如果写得适当，便可表达叙述者的情绪，而作者不必添用“他愤怒地说”、“他愉快地说”这类副词。

编辑对作家究竟有多大的影响呢？斯德拉钦以为，基本上，一部好作品是不会因为编辑加工而变为伟大的作品的。编审工作好像是一件艺术品的琢磨工作。一部好作品只会因编辑而变得更好一些，一部伟大的作品只会因编辑而变为更伟大一些。但一部平庸的作品不会因编辑而变为好作品。

在本文所述的几个书局编辑中，最有经验的当推珍妮特·霍普金斯(Janet Hopkins)。她在书局中做编辑已有了二十七年的历史，但近年来决定辞去固定的职业，而自己做流动性的编辑，任何出版公司都可委托她编书。她对商业性的低级趣味的书稿没有兴趣，现在有了选稿的自由，专挑自己喜爱的书稿，然后再与书局谈判出版事宜。她的任务是包办一切：一、推荐作品；二、与作者共同校订稿件；三、校订大样；四、写封页上的介绍；五、商定广告宣传，等等。她的报酬通常是该书出版后的总版税百分之二至百分之五。(例如，如果作者获版税十万元，她便获两千至五千元)。但是霍普金斯不是作家的代理人，她的收费对象是出版商，不是作家。出版商欢迎这类流动性的编辑，因他们不必支付一个编辑的固定薪水，所付的仅是一部书的编辑费。当然，如果该书被列入畅销书目，编辑的收入也随之大增。

霍普金斯通常每年可编十部书，已与好几家出版公司订了合同。她的收入多少，当然视书的畅销与否而定。但她喜爱的是这种不受拘束、自作主人的自由职业，她与作家密切联络，常常在书尚未写成之前即开始合作。有时她好像一个护理孕妇的医生,从孕妇怀孕(作家首先孕育念头)开始,即小心翼翼地加以保护和照料。书的好坏与畅销与否,与编辑本人的收入有关。在这里,编辑无形中成为了作家的真正的"合写者"。

一九八〇年五月

初做小说家与文学代理人

美国有一种奇怪的职业,叫作文学代理人。这种人专门代表作家向出版商推荐稿件,向报章杂志代为投稿,交涉稿费,谈判合同。他们的收费标准通常是稿酬的十分之一。这种职业之应运而生,有它的特殊社会背景。

原来美国的出版业是一个规模宏大的商业性企业。全国大约有一千多家出版社, 每家出版社都接到大量书稿,虽然雇有编辑层层审读,但是实际上不是人力之所及的。比如说道布尔戴出版公司这家大出版商,除了正式编辑以外,还雇有大批初读二读人员审读书稿,但它平均每年收到作家投寄的书稿约有一万部,编辑部人员再多,也无时间一一审读,一般就丢在“废稿堆”(slush file)中完事,由低级工作人员用印就的退稿信逐一寄还,很少有经初读二读的两道关而到编辑手里的。只有通过文学代理人推荐来的稿件,才有可能受到编辑的重视,因为这些文学代理人多半都是编辑出身,眼光敏锐,有识别有价值——不仅是文学价值,尤其是商业价值——的作品的能力,使出版社的编辑部可以省去不少时间和精力。另外一方面,不仅是无名作家为求作品能得到出版机会,必须仰仗文学代理人代他出力,即使是文坛有地位的名作家,也多半通过文学代理人为他办理交涉出版、稿费、合同等等事务工作,使自己可以专心从事写作,所以愿意出这百分之十的代理费。

既然美国出版业是一项大企业,文学代理人也是一项获利甚丰的买卖,有不少代表著名作家的代理人自己也成了堂堂的百万富翁。由于畅销书销路动辄以数十万、数百万计,这也就不足为奇了。

一般精装本的版税(稿费)标准是:初售量五千本为零售书价的百分之十,其次两万本是百分之十二,两万本以上是百分之十五。(请注意是递增,而不是递减。)如果一本小说零售书价每本十元(目前书价一般在十元至十五元之间),初售量五千本的版税就是五千元,其次两万本是两万四千元,以后每本抽一元五角。一本书若能销二十万本,作家的版税至少二十五万元。文学代理人的十分之一代理费就是两万五千元。

一本书若能销二十万本，已是畅销书，文学代理人即可向平装本出版商、读书俱乐部、电影或电视界推销版权。这样各方面加起来的版税可达百万以上。文学代理人的十分之一收费就非常可观，尤其是如果他手头有十来个这样的名作家的话。

但是一个无名的新作家，要找到一个文学代理人为他效劳，却比登天还难。上面已经说过，无名作家直接投寄到出版社的书稿，所遇到的命运百分之九十九是丢在"废稿堆"里，因为出版商的主要目的是赚钱。最吃香的是既有文学价值又能畅销的大作家，其次是能够为他们赚钱的通俗小说作家，如果遇到大作家的作品，即使不能赚钱，只要不至于亏本，他们也愿意出版，因为这样可以抬高出版社的声望。但是对于无名新作家一般都是敬谢不敏。文学代理人当然也是这样，他为你去奔走交涉，好不容易出版一本初作，即使销了五千本，版税也不过是五千元，文学代理人才得五百元，这区区收入，连充他办公室开支还不够，他何苦为你效劳？

因此，无名作家就常常遇到这样一个难题：没有文学代理人，出版商不接受你的书稿，而没有出版过书，代理人又不屑为你代理。这就是无名作家的Catch—22。即使有个别幸运儿的初作经过这重重阻力，幸获出版，但如不能畅销，以后也休想再出第二部、第三部。所以在美国要卖文为生，除非是畅销作家，否则靠偶尔有几百元或几千元版税收入，没有一个固定职业，是不可能维持生活的。

既是这样，那么每年出现的一些初作小说家是怎么出现的呢？除了极少数幸运儿，盲目投稿居然给编辑沙中淘金选中以外，有的是通过其他途径，得到有力推荐的。比如我的一位美国友人格雷斯(姑隐其姓)，今年三十出头，已经出版了两部小说，虽未列入畅销书目，但颇博书评界的好评，认为具有文学价值，而不是一般的通俗小说。有两部作品连续得到好评，格雷斯在出版界已略有名气，在出版商的鼓励下正在写第三部作品，不久即可问世。除此以外，她已被聘担任哈佛大学创作课的教职。读者不免要问，她的初作是怎样被出版商看中的？

原来格雷斯在大学期间，专攻哲学，毕业后找不到实际工作，而要在大学教书，必须先有一个博士学位。但由于社会上对哲学这门抽象的学问兴趣越来越少，大学哲学系的学生也越来越少，即使一个哲学博士，也很难获得一个教职。因此格雷斯为了谋生起见，只好再读了一个图书馆学硕士学位，到一个大学的图书馆任职。但她的兴趣是写作，她进入写作生涯的第一步是向《图书馆月报》(*Library Journal*)投稿写书评（没有稿酬）。某次她评了一个英国著名作家的新书。这位英国作家开始与她通讯，发现她爱写作，请她把书稿寄他一读，读后大为欣赏，深佩其才，将她推荐给自己的出版商。第一部小说成功，第二部、第三部就不成问题了。这种推荐，只是由名作家代替文学代理人而已，还不是由出版社直接看中的。

还有一种人，根本没有想写东西，当作家，但是因为生活经验特殊，引起注意，以赢利为目标的出版社就会主动来找。即使你不会执笔，出版商也可替你找个"捉刀人"(ghost writer)代写，或用你的名义，或用两人合写的名义，版税对半开或四六拆。比如前一时期尼克松下台后，他的几个助手纷纷写书，或写水门事件内幕，或写白宫影射小说，还有许多电影明星写的自传，都用这一办法。

下面是美国最近一本畅销书出笼的经过，读者由此可以窥见美国出版界的噱头手法：

彼得·詹金斯(Peter Jenkins)，年方二十八岁，却已有一本著作，《步行全美》(*A Walk Across America*)列为《纽约时报》四月份畅销书目。有趣的是他原来并不想写书，而是经过出版商的再三怂恿，才同意结束他的浪迹天涯的生活，而从事写作的。这个故事带有一点传奇性。

话说五年以前，彼得·詹金斯才只有二十三岁。当时美国仍深陷越战泥潭，一般美国青年都觉师出无名，良心不安，开始对美国社会制度产生疑窦。詹金斯突然心血来潮，决定步行全国，深入基层，了解民情。他于一九七四年离开美国的东北角康涅狄格州老家，开始步行。此事被《国家地理杂志》(*National Geographic*)发现，请他写了一篇文章，记述他从纽约步行到新奥尔良一段的经过，发表在一九七七年四月号上，大受读者欢迎。于是引起许多出版商的注意，四出派人，到处找他，要他写书，但是当时他仍在步行途中，只有纽约的威廉·毛罗出版社好不容易打听到了他在得克萨斯州的达拉斯城的一个墨西哥小饭馆中当零工。出版商用长途电话与他谈了四十分钟，终于把他说服，要他辞去饭馆工作，继续步行，周游全国。(他路过密苏里州时遇到了一个志同道合的女大学生，结了婚，这时已多了一个步行的伴侣。)于是出版社的总经理偕同两个编辑亲自坐飞机从纽约到得克萨斯一个小镇上的小旅馆中来找他们，谈妥了合同。他的全美步行在自北至南走了四千八百英里，踏破了三十五双鞋子以后，终于在一九七九年一月在南方的新奥尔良结束，结果就是这本畅销一时的《步行全美》。

这两口子尝到了发财的味道以后，已准备作第二次远行，从新奥尔良走到美国的西海岸，再写《步行全美续集》了。

一九七九年六月九日

作家·文学代理人·编辑·书局

我曾写过一篇《初作小说家与文学代理人》。在这里，我想再进一步地解释欧美的文学代理人在出版界的势力、影响及其做法。

美国文学代理人行业的流行，不过是近五十年来的事。在过去，出版商不屑与代理人做交易。目前的情形恰恰相反，出版商反而坚持要与代理人交易，有时甚至替初出茅庐的作家介绍一个代理人。这有两个原因：一是出版业变为极度商业化，出版一本书不但牵涉版权问题，而且也可能牵涉电影制片权、平装本再版权、杂志长篇连载权等等，所谈的生意价码甚至可达到数百万元之巨。二是因为可将讨价还价的头痛事件留给代理人做，作家便可专心于创作，与书店方面的编辑保持友好关系。做生意谈交易往往要起争端，作家可以避免这类令人不快的琐事。

在当前时代中，文学代理人几乎已成为作家们一个非有不可的伴侣。但是这类代理人并不是人人可做。他应有三个条件:一、有能力鉴赏文学作品,并会鉴别一件作品的大众化吸引力;二、有做生意人的讲交易能力;三、有耐心,能够体谅作家的苦衷,鼓励作家写作。

美国有史以来的第一个文学代理人名叫保罗·雷诺兹(Paul Reynolds),于一八九二年开始营业。但那时文学写作还是被目为不受商业污染的纯洁的行业，作家们不要代理人,出版商也力免有剥削之嫌。八十余年后,文学代理人已变为一件规模巨大的企业,有的甚至专门化,也有的是律师充任,使作家在法律上也受了保护。但是正如其他行业一样，文学代理人中也免不了混有不学无术的不正规分子,有的甚至行施骗术,未替作家(初出茅庐的)找到出版商之前,先向作家伸手要钱,这类人物的唯一目的是赚一笔外快,根本没有上面所述的三个必需的才能。正统的同行也根本瞧不起他们。

真正有才能的代理人对各书店的编辑在文学上的嗜好与习惯有相当的认识，因而可替作家找到一个合适的编辑与出版者。他的任务主要是保护作家的利益,引起出版商互相之间的竞争从而提高作家的身份。

代理人的佣金是作家收入的十分之一。为了增添自己的利益,他当然要尽量争取一件作品的其他(如电影制片等)版权方面的进益。对新书装帧、宣传广告方面他也参与意见,有时甚至干涉编辑方针。印书的合同本身也越来越复杂:出版商尽量争取自己的权益,而代理人则尽量争取作家的权益,直到双方同意各点,签订合同。这类合同,有时可以长达数万言。

成名的文学代理人已是一个大企业,并不是由一个人单独代表。例如"国际创作管理公司"在纽约、伦敦、罗马,迈阿密等城市都设有分处。它所代理的不但是作家,也包括影星、电影制片商、导演与电影脚本作者。这个大公司设有文学、电影、电视、摇滚乐各部门,每一部门都有专家处理代理人的任务。名作家如约翰·契弗、托马斯·伍尔夫等就是由它所代理。每个作家派给一个特定的代理人,这个代理人便与作家维持密切的关系。由于出版事业近来的变化,作家与个别代理人间的关系也逐渐有所变化。在过去,作家往往忠于编辑,如果编辑离职他就,他也跟着这个编辑而换出版商。而现在,作家已慢慢转而忠于代理人,因为编辑常常换职,作家认为只有代理人才是长久的伴侣。

可是最近形势又有不同。因为作家们也学乖了,有的被利所诱,也在更换代理人。美国出版事业已变成一个极复杂的企业,作家、编辑、书店、代理人四者之间的关系也越来越复杂。

美国文学代理人中最著名最成功者之一是司各特·梅雷迪斯(Scott Meredith)。他的每年总收入在付税之后是三十万元以上(付税之前的数目至少百万金)。他的公司共有五十名雇员,代表了两千多个作家与艺术家,其中最出名的是大作家诺曼·梅勒。梅雷迪斯此公是一个很精明的生意人,除了做作家代理人以外,也设了一个"评读"部门,在各杂志登广告,招徕未成名的作家投寄小说稿件给他公司阅读评断,每次收费一二百元。美国梦想做作家的男男女女多得不得了。梅雷迪斯的公司每年在这方面收到的稿件至少有五千件。这些稿件当然都是糟得不得了,普通一般编辑或代理人不屑一读的。可是梅雷迪斯在这方面也赚了不少钱。他的出名的诀窍是自我宣传,从不拒绝电视谈话节目的邀请。

文学代理人在出版事业方面的权势的日渐增大,过失其实是在出版商。出版商只图省事,责任就转移到了代理人身上。过去书局编辑往往是一个作家的"终身良伴"。

但是现在编辑既常常更换雇主,作家失去依靠,便找代理人为依靠。

出版事业越是庞大,版税合同诸方面的问题也越是复杂,文学代理人不但要懂得文学与生意,也要懂得法律。因此,律师兼当文学代理人已不是一件罕见的事。

另一种奇特的代理人是好莱坞代理人。在纽约的代理人要将一本小说的电影制片权出售时,往往交由好莱坞代理人代理,然后将盈利对折。可是好莱坞代理人也已在慢慢地直接代表作家,这样一来,取佣金便可更加直接。由于美国社会情况的转变,文学代理人也慢慢变为“传播业”代理人,所代理的不仅是在出版方面,而且也包括电影、电视、广播、录音、唱片各方面的生意。

麦克斯威尔·帕金斯时代已成过去。帕金斯在世之时,曾在斯克立勃纳书店当了三十三年编辑,扶植了不少名作家,包括海明威、菲兹杰拉德、托马斯·伍尔夫、詹姆斯·琼斯等。在当时,作家是忠于编辑的,而编辑既不换雇主,便等于作家忠于书局(出版商)。文学代理人出现后,作家们的“忠诚”的意义便有变更。作家目前所忠的是钱,这可由出版界最近一个故事证明:

美国近来有一个很吃香的天文学家,是康奈尔大学教授卡尔·萨冈(Carl Sagan),他曾与兰登书屋订有合同,出版了几本通俗易懂的有关宇宙的科学书。由于美国人民一般迷醉飞碟故事,这些书销路很好。萨冈因而也在电视节目上出现,讲解天文学、飞碟和其他星球有没有人类可能性这类题目,很受欢迎,也增加他的著作的销路。

最近萨冈与另一个书局西蒙和舒斯特 (Simon & Shuster)订了一个价值两百万元的小说合同。这事使兰登书屋很不快,认为萨冈不够“忠诚”,但是萨冈的代理人说,新的合同是小说,兰登书屋的合同是“非小说”,因此二者没有冲突。

萨冈的代理人便是上面所述的精明生意人梅雷迪斯。他又指出,作家的更换出版商完全应视他的收益多少而定,作家们不应忠于编辑或书局,而应忠于代理人,因代理人可替作家赚钱。

近年来，许多成名的大作家也与他们已合作了多年的出版商脱离关系,另找能够增添收益的门庭,由代理人领路。这里试举几个例子:

黑人作家詹姆斯·鲍德温曾在日晷出版社(Dial Press)出版了十六部小说,但最近改与麦克劳–希尔(McGraw–Hill)书店订一小说合同,收费三十五万元以上。年已八十岁的通俗小说女作家泰勒·卡德威尔(Taylor Caldwell)最近与道布尔戴书店脱离了多年关系,而与普特南姆(Putnam)书店订立两本书的合同,取费三百九十万元。《第二十二条军规》作者约瑟夫·海勒也离开了兰登书屋而投西蒙和舒斯特公司。女作家乔伊斯·卡洛斯·奥茨脱离了有十五年关系的先锋出版社(Vanguard Press)而投德顿(Dutton)公司。《富人,穷人》的作者欧文·肖也换了出版商。

但是作家更换出版商也有其他原因。有的是因为书店拒绝出版已完成的稿件。有的是因为与个别的编辑在感情和脾气上合不来。也有的是因为怕个别书店的声誉逐渐低落(不少在文学界有声望的书店近年来被企业机构收购,变为专门以盈利为目的的纯粹商业化机构,这使有学者气度的作家们感到不满)。

今日的编辑也与旧时代的编辑不同。以已故名编辑帕金斯为例,他全力关注作家的作品,往往向作家提出各种意见与建议,换字改句,删除增添,好像是一个合写者。兰登书屋曾有一个名叫萨克斯·康明斯(Saxe Commins)的总编辑,牙医出身,不但亲自编订辛克莱·刘易斯、W.H.奥登、约翰·奥哈拉(John O'hara)等作家的原稿,而且曾亲自替剧作家尤金·奥尼尔的原稿打字。他甚至请威廉·福克纳住到他家,用他的办公室写作。这类编辑与作家间亲切关系目前已罕有，但是听说法拉–斯特劳斯–吉罗(Farrar,straus and Giroux) 书店的罗杰·斯特劳斯(Roger Straus)及罗伯特·吉罗(Robert Giroux)仍维持他们与名作家艾萨克·辛格、伯纳·马拉默德、菲利普·罗斯等等间的个人亲切关系。

至少有两个名作家,由于经济拮据,不得不时时更换出版商。一是诺贝尔文学奖金获得者索尔·贝娄,一是诺曼·梅勒。二人都是因离婚后要津贴前妻的赡养金，造成经济拮据状态。贝娄的最初两部小说由先锋出版社出版,后来转到维京书店,出了九本书,于一九七八年又转到哈珀–罗书店(Harper & Row)。而梅勒自从著书以来,至少已换了六七个书局。

作家不但更换出版商，而且也在渐渐开始更换文学代理人,原因也与他们要更换书局一样,不过是希望能够多获一些进益。著名作家很少是没有代理人的。科幻小说作家艾萨克·阿西莫夫与波兰裔作家约西·柯辛斯基(Jerzy Kozinski) 只是罕有的例子。诺贝尔文学奖金获得者艾萨克·辛格多年没有代理人,只从最近才开始由人代理。

当然也有一批作家忠心耿耿地多年来只与一个书店发生关系。历史学家亚瑟·施莱辛格（Arthur Schlesinger Jr.)、经济学家约翰·肯尼斯·加尔布雷思（John Kenneth Galbraith)、小说家路易·奥金·克罗斯（Louis Auchin Closs）都是由霍夫顿·密夫林书店（Houghton Mifflin)出版，都已有三十年至四十五年的历史。欧文·斯通(Irving Stone)自从一九四〇年由道布尔戴书店出版著作以来,四十年来仍维持良好关系。

文学代理人也并非全已变成大企业公司。这里且谈一个仍保持原始状态的代理人。这位女代理人原在大学中教授美国文学,于一九七四年初当代理人,只代表了六个作家,工作辛苦,收入不多。不过她的兴趣不减,至今她所代表的作家已有七十五个，都是售书量平常的青年作家。她的作家中尚未有一个畅销书的作者。但是她与作家们保持个人间的亲切关系,虽然进益不大,但她觉得自己的职业给她一种精神上的满足。

另一个怀恋过去的文学代理人，讲了这样一个有趣的故事。某次,他代表诗人 W. H. 奥登与法国大富翁罗斯柴尔德伯爵(Baron Philippe de Rothchild)谈判一项交易。伯爵要邀请诗人到他的乡下别墅居住一时,并写诗留念。

这个代理人开始与富有的伯爵讲价，结果所谈成的报酬是六十一箱(每箱十二瓶)罗斯柴尔德名酒(按,伯爵以酿酒闻名)。这位代理人说，他至今还没有取得十分之一的佣金(以酒为例,至少每箱一瓶),颇有遗憾。好奇者要问，难道这七百余瓶的名酒都给诗人奥登喝光了吗？奥登以嗜酒闻名,但他已躺在地下,不能作答。

一九八一年一月二十五日

书评道德与书奖评选内幕

一

在美国，任何一个读书人、写书人、出版商、发行商无不注意《纽约时报书评周刊》的一举一动。道理很简单：这个刊物是美国所有书评刊物中读者最广、影响力最大的一个。读书人以它为购书指南；写书人（作家）靠它的佳评抬高身价；出版商（书局）靠它做广告宣传；销售商（书店）则靠它的评价促销。

一本刊物有如此左右读书出版界的能耐，其编辑们的态度公正与否，便易受人猜疑。出版界中小心眼儿的大有人在，一不如意便高嚷书评者或编辑有偏见。书评道德乃成为书评杂志的要旨，稍不小心，书评刊物便要受人指摘；如果在读者眼光中失去公正立场，它的地位与影响也将受损。

我曾两度受该刊编辑之邀写过书评（都是有关中国的,不足为道)。《纽约时报书评周刊》既是不收外来投稿的，我就一向奇怪它如何分配新书、委托书评作家。如1994年出版的《在“时报”的背后》(*Behind the Times*)就有该报编辑部内部组构运作的详述。作者埃德温·戴蒙德(Edwin Diamond),乃是在纽约大学任教的传媒学专家。

美国每年出版新书七八万种,都要寄送《时报》评述,而每年五十二期的《书评周刊》最多只能容纳两千五百篇长短书评。各书局钩心斗角地要挤上去,编辑们在舍此取彼的情势下,偏见便难免。编辑部人员的责任是浏览每日邮包送来的大批新书,挑拣值得评介的,然后在储藏于电脑的名单中找出一位适合的作家写书评，主编可做最后抉择。

人的天性是主观的,每一编辑都有他的偏爱,每一书评家也有他的成见。《纽约时报书评周刊》一篇书评的好歹可直接影响作家前途与书局的收入。因此《时报》的方针是尽量小心从事,避免外界指摘。但漏洞难免,往往一本新书落入作者的朋友(或劲敌)手中,所写的书评便可令人起疑。作家或书局有时看到一篇否定性的书评而不服,向《书评周刊》抗议。这封抗议信的发表与否,权力仍操在主编手中,而他所关虑的就是书评道德问题。

二

普利策文艺新闻奖金的揭晓在美国文化界是一年一度的大事。在美国,普利策奖的声望是仅次于国际性的诺贝尔奖。美国其他全国性的重要书奖还有笔会——福克纳奖、全国图书奖、全国书者协会奖。

关于诺贝尔奖如何由瑞典皇家学院评选出来, 我过去曾撰文述及。至于美国的各种书奖评选,月前我与一个曾数度当过评选者的友人相谈,其中玄妙甚多,值得一述。

被邀请当评选者,报酬并不多,通常只一两千美元,可是要阅览的新书至少两百种, 很花时间。这位朋友说,她当然不是仅为区区之费所诱。重要的是新书的吸引,在这种神圣职责下,她被迫用功读书。(通常,文化工作者只有时间在书评刊物上浏览新书。)

新书是成捆地到达(单是书价就值四五千美元),怎样赶读便成问题。没有价值或少兴趣的书,很快就可从书封与介绍序文中知道大概,搁置一旁。其次的识别点则是听凭个人的兴趣左右（非虚构书籍的许多不同的主题）。在初步选出几本自己心爱的新书后，取舍之间就要有下述考虑：一、这位作家过去曾否得过奖，未来是否再有机会；二、作家的年龄与书的价值的对比；三、作家的性别(例如，女评选者不免对女作家稍有偏见)；四、所谓“政治正确”问题。这个涉及各个角落的问题我曾数度论及。如何处理黑人作家作品就显得非常敏感。例如，一九八七年的全国图书奖未选中托尼·莫里森的《挚爱的》，黑人作家群大哗。四十八人联名在《纽约时报书评周刊》发表抗议书。但此书终于次年获普利策奖，我认为与“政治正确”的压力不无关系(莫里森于一九九三年获诺贝尔文学奖)。因此，即使是在我们认为纯洁无瑕的文学艺术圈中，肮脏的政治也会影响文学评论者的鉴别力。

一个评选委员会通常有三人至五人，每人挑出最后几本素质极高的佳书后，委员会聚餐讨论来抉择中选的头名。这种讨论往往是很热烈的，偶然逢到一致同意，宴桌上的气氛就很愉快。有时就要争辩。各方如有坚持者，便不得不折中另选一本双方可同意的书。因此，落造的新书往往不比中选者为差。

一九九六年九月

自我批评·自我赞扬

“自我批评” 是过去所常听到的一句习语。原意是可嘉的,但实际难行,因为“自我赞扬”才是人的天性。怪不得近来我们已难得听到有人要“自我批评”了。

我这里的“自我批评”是涉及文人的。中国早有“文人相轻”这句话,翻译为现代语,就成为“老婆(女作家要用‘老公’)是人家的好,文章是自己的好”。作家们有这类观念,中外一律。

自我批评乃是一项困难的艺术。出版界的编辑职业就是因此形成, 作家的主观往往蒙蔽了一件作品的真正价值, 需要编辑来做客观的评价。我们都有盲目的时刻,有的缺陷需要他人指点出来。于是重写、改写成为作家于创作之外的第二项重要任务。

可是作家的自大与妒忌好像是他的第二天性。凡是读过罗伯特·弗洛斯特传记的人都知道这位诗人的恶劣脾气。甚至在成为美国诗坛数一数二的人物时,他还不能放大肚量地静坐聆听其他诗人的朗诵;如果哪位诗人获得受鼓掌称扬,更使弗洛斯特受不了。诗人的自大没有国籍之分。记得前苏联诗人叶甫图申科年前来美国访问举行朗诵会之时,他的自负态度,引起纽约文坛人言啧啧。已故作家约翰·契弗曾戏嘲道,叶甫图申科的自大心理"足能碎裂二十尺以外的水晶"。俄裔作家纳博科夫竟相信自己作品高出于下列这些世界名家:陀思妥耶夫斯基、屠格涅夫、托马斯·曼、亨利·詹姆斯、乔治·奥威尔。可是他的名作《洛丽塔》却被爱德蒙德·威尔逊评得一钱不值(我得承认,文学评论家也是主观的、自负的。)

除了"自我批评"、"自我赞扬"这两个字句外,我还要加上"自我怀疑"(Self-Doubt)。这并不是说作家有自卑感,只是说他对自己的作品不能有确实的信心,即使成了名,还是怀疑自己的能力。这类心理与自负态度是相矛盾也相合的。例如 J. D. 塞林格的多年遁世隐居,拒绝发表作品,是出于自傲,还是出于自我怀疑,令人深思。任何人都有天生的自我怀疑心理。有的作家不信自己的创作能力。甚至约翰·厄普代克也说过,他读到嘉奖他的书评时,不免怀疑写书评者是否对他过分慷慨，不然为何别的书评没有好话？自负心理极强的戈尔·维达尔某次自嘲地说道：“书评家一对我的作品表示喜爱,我就起了疑心。”不过这位老兄出口直率,在文艺界的“敌人”多得很。

说到自我赞扬，不要忘记司各特·菲茨杰拉德。他曾自夸《温柔之夜》(*Tender is the Night*)不但是一部“伟大的小说”，而且它的尝试性小说技巧远高出于乔伊斯的《尤利西斯》。这样的自夸未免肉麻。威廉·福克纳则要将他的《一个寓言》(*A Fable*)列为他自己所有作品中的最伟大者,这就是没有自知之明。可是他常有称呼自己为一个“失败的诗人”的习惯。

作家之中最善于吹牛的,当然是海明威。他的吹牛范围甚至包括了拳击、打猎、酒量。他曾大言不惭道,如与屠格涅夫、莫泊桑较量写作,他必能取胜;如与司汤达相赛,他至少可打一个平手。写到这里，我不禁想到我所喜爱的，但是未能轧进美国一流小说家之林的约翰·奥哈拉。他的长短篇小说都以简洁伶俐的笔法与对白取胜（他犹如剧本台词的对白,可以触发读者的生动想象力)。我至今认为这位在《纽约客》投稿出身的作家(已去世),被文学评论家评价过低。他某次在纽约一个酒吧间中,酒过三巡，曾经直言："写短篇小说，没有一个人比我写得好。"请想想世界上这么多的短篇小说能手（海明威、福克纳、韦尔蒂……）我不免觉得这位爱酒的爱尔兰先生的话有些夸张。

最具自我怀疑精神的还是弗吉尼亚·伍尔夫。这是不是跟她的性别有关？我不敢在这里自命"男人沙文主义"者。可是文笔美妙的伍尔夫缺乏自信心。五十年前，她的小说《年月》(*The Years*)出版前，她一面看校样，一面起了自疑。

她在日记中记道："毫无疑问，这书写得不好。我必要像抱了一只死猫一样地把这些校样交给L，叫他不要读即烧毁。"L是她的丈夫伦纳德·伍尔夫，他告诉她说，他喜欢这本作品。弗吉尼亚又在日记中记述也许过分轻视了自己的心血。可是不久她又起怀疑，在日记中记道："此后绝不再写长篇小说。"她这样地反复转念多次（初度书评不错），最后还是自认那本书是失败的。

作家们的自我怀疑造成他们需要重写、改写的冲动。这样的欲望是很好的。不过有些人要用重写来"改进"他们已曾发表的初期作品，这种努力求进的精神是不是过分了一些？为何不把时间精力花在新的创作上？

自我批评,自我赞扬,自我怀疑,自我吹嘘。创作家的心理实在复杂得很哩!

一九八七年四月九日

读《美国寻梦者》
——《读者文摘》背后

少年时在上海喜读黄嘉德、嘉音兄弟合编的《西风》月刊，到了美国，看到了风行广销的《读者文摘》，才发现《西风》原来乃是模仿《读者文摘》。《读者文摘》的吸引读者乃是它的内容通俗大众化，但是最主要还是在替忙碌的读者省却阅读时间。由于美国杂志报刊的众多，这样的一本文摘好像是一席快餐，虽然所包含的知识是肤浅的，但至少使读者暂时有一阵饱满的感觉。

我自己对读书阅报的兴趣范围后来当然发展至文摘之外。美国知识文化界对《读者文摘》具有蔑视的态度，认为它只不过是供应小市民阶级的简单精神食粮，不是精制佳肴。我想，《读者文摘》的成功就是在此：它的口味适应广大群众，它成为缺少时间、不须动用脑筋的人们的消遣品。有一时期，《读者文摘》成为美国最庞大、最具影响力的刊物,它的创办人成为千万富翁。任何对美国出版业有兴趣的人都应该读读这本新书:《美国寻梦者:华莱士夫妇与〈读者文摘〉》。

据作者彼得·坎宁形容,创刊者威廉·洛埃·狄威特·华莱士(一八八九——一九八一)初起这个念头是很简单而偶然的。他自幼喜读杂志,总觉时间不够。青年求职之时,灵机一动:为何不创一个精选其他杂志内容的综合刊物,名之为《读者文摘》?可是他找不到情愿冒险投资的出版商。他的女友莱拉·艾奇逊(一八八七——一九八四)鼓励他自资印行。他在三十一岁时达成了一生最重大两件任务:他娶了莱拉;《读者文摘》于一九二〇年一月十二日创刊。

读者立时有了反应,订阅单不断寄来,不久这本杂志就广销全世界。四十六年后,《华尔街日报》把《文摘》赞誉为"自从《圣经》以来的最成功的出版物"。本书作者坎宁写道:"全世界最终发现,这本杂志及其有关企业在市场上的价值达到六十亿美元以上。"

坎宁本人曾任过《读者文摘》总编辑,因此有资格写这本传记。同时,由于他与刊物的密切关系,也从内部察觉了财富能够引致贪婪。他的结论是:华莱士夫妇对人太具信任,《读者文摘》的光彩渐渐消失,财富慢慢地被"贪婪人士所偷取”。“偷取”二字也许用得过分,因为华氏夫妇的“弱点”其实是慈善性的捐款,在富翁劳伦斯·洛克菲勒怂恿之下,华氏夫妇一生捐款达二十五亿美元,受惠者包括华莱士的母校、纽约大都会博物院、动物园、林肯剧艺中心、斯隆–基德林癌症中心等等。坎宁的主要批评是:这些机构也是洛克菲勒基金会的受惠者,并非华莱士夫妇自己所愿意舍施的机构。

在坎宁笔下,华莱士夫妇并不十全十美。他们没有子女(他在战时创伤造成他的阳痿,而她对性很少兴趣),生活空虚,易于受人所欺,到了老年,生活并不美满。据坎宁谓,在华莱士夫妇逝世后,接办人员以盈利为主,大批裁员,减弱了杂志的内容质量,不再成为平民的喉舌,它的销路也因而大跌。不过时势的转变似也与销路有关。华莱士夫妇思想保守,批评民主党罗斯福总统政策,却为共和党尼克松总统仗言。坎宁在《读者文摘》工作二十五年,终而升为总编辑,于一九八七年辞职,原因是与经理部人员不和。这部传记就反映了编辑部门与营业部门之间的矛盾。

在《读者文摘》全盛时期,美国政治界保守人士几乎把它奉为圣经,里根总统特别欣赏这本杂志。他在与人讨论“冷战”情况时,常常引用“文摘”所载文章内容来“证明”苏联阴谋,一经下属指出《读者文摘》只不过是民间一本杂志,里根乃改称他的根据是来自政府的情报。

华莱士办杂志的开始与后来的成就可以说是一个典型的美国成功故事。他起初找寻材料的办法是前往纽约公共图书馆翻阅各项书报,手抄摘记,然后亲自送到印刷所。到了一九三六年,《读者文摘》未受经济大萧条影响,销路竟达一百八十万份,成为贫困人民唯一的阅读消遣品。

致富之后,华莱士夫妇性生活毫不美好,被形容为“一部希腊悲剧,一部肥皂喜剧”。既然没有子女,他们在金钱施舍上就极为慷慨,把一位侄女与其夫婿目为继承人。莱拉成为寡妇之后,受下属佣仆欺瞒,到了她逝世时(九十七岁),这位曾被视为“世界最富妇女”的“美国寻梦者”所剩余的衣饰遗产已所值有限,只须付税一百美元。

在编辑部方面,《读者文摘》全盛时期能够从政府情报机构吸引人才,雇用为外交编辑。它在各国有不同文字的版本,不惜用重金聘用翻译者。法文版的译者曾包括名作家萨缪尔·贝克特与三十年代法国影星希弗莱。(按:香港出版的中文版乃由林语堂女儿林太乙编辑。)有人估计,全世界《读者文摘》读者总数达到一亿以上。

《读者文摘》内容于八十年代(华莱士去世后)的右倾乃是坎宁的关系。那时,《文摘》甚至载了一篇三K党(反黑人、反犹太、反移民)领袖的文章。另有令人侧目的一篇,名为《我嫁了一个纳粹》,这位女士把她的回忆写得甜蜜得很,简直令人倒胃口。从一个传媒界巨大势力缩成为好似代表一个乡镇小市民阶级道德价值的呼声。《读者文摘》在今日电脑、电视占优势的市场经济媒介圈中,只占了小小一部分。

一九九七年三月

出版自由与希特勒思想
——《我的奋斗》仍在不断再版畅销

美国密夫林书局正在筹备希特勒自传《我的奋斗》(*Mein Rampf*)新版,定于明年一月问世。这样一本充满邪恶思想的书仍在不断重版，引起我的好奇。我的疑问是：谁在出版？是为了盈利还是为了传播纳粹思想？何人握有版权？版税付给谁？

《我的奋斗》一直是美国畅销书

新版将由历史学家约翰·卢卡斯(John Lukacs)作序，对年轻一代的读者做介绍。书局发表声明说,虽然编辑们对希特勒思想非常反感,但是《我的奋斗》的出版,可以对不信犹太人大屠杀曾经发生的人们,起一种反驳的作用。

(新生一代的德国人中颇有人怀疑大屠杀乃是犹太人的夸张,正如日本人不信南京大屠杀的发生一样。)

密夫林书局并不单是为学术研究而出版此书，也是为了要让一般读者了解真相。有人以为出版也好,可以向读者做危险思想的警告。密夫林书局指出美国宪法第一修正案(保障言论自由)很重要,压抑禁书的举止较思想本身更为危险。

我的调查发现,《我的奋斗》自从第二次世界大战结束以来一直是本历年不衰的畅销书。记得我在大学退休前就在图书架上见到有此书陈列。通常,一般书局都有一个再版书目单,在这个书目单上的书籍会连续不断地再版,成为书局的经常收入来源，作者都是具有经典地位的文学作家,例如索尔仁尼琴、辛格、海明威、福克纳等。美国出版界全部销售数量中约百分之六十属于此类再版书。英国一个名叫哈金森(Huchinson)的出版社再版书目单中就列有《我的奋斗》。

《我的奋斗》是希特勒于一九二四年在狱中所写,书原有一个长长的书名:《四年半来对谎言、愚蠢、怯懦的奋斗》,当时的德国书局认为此书名太长,促他改为《我的奋斗》。第二次世界大战盟军胜利后此书一度被禁,但是已在德国一共销了八百多万册。

希特勒狱中写出仇恨赞美诗

希特勒生前将全世界版权交德国书局处理，美国的版权由霍顿·密夫林购得。在英国，哈金森出版社以三百五十英镑购了版权。一九三五年时，此书英译本经德国驻伦敦大使馆检查后以节略本方式在英美出版。德文原版有七百八十一页，英译本只二百九十页。即使如此，书的原意也已显明。当时《纽约时报》书评者谓："我们以忧虑世界前途的沉重心绪，来阅读希特勒的仇恨赞美诗。"

一九三九年一月，哈金森出版了全部英译本，三年后美国也出版了由著名翻译家拉尔夫·曼哈姆所译的版本，都未经柏林当局批准。在此期间，英美出版商并未与作者有所联系，此后大战爆发。

大战结束后，读书界厌恶希特勒，不但对此书不生兴趣，甚至作为历史文件也无人问津。到了五十年代后期，希特勒于二十年代所写的另一本著作以《希特勒秘密著作》之名出版。由于此书乃是希特勒当权以前所写，突然引起学术界的兴趣。同时,哈金森出版社也开始准备一本充满注解的英译本。六十年代中期,英国国会下议院与英国的犹太族裔社团把《我的奋斗》批评为反犹太主义的"焦点"。哈金森的新作引起某些历史学家的攻击。终于,英译全本于一九六九年出世,自此以后,一直不断在英国再版,证明读者兴趣不减。不过哈金森每再版一次,必受德国政府来信抗议一次。

哈金森所面临的问题是:出版商对这样一本书究竟负有何种责任?是否应该像通常书籍一样地努力推销?书局广告部人员认为做广告时应该去除"这本邪恶的书"这句话。他们说,"我们自己出版此书,怎可称它为'邪恶'?"在编辑部与广告部争辩之后,"这本邪恶的书"的广告,终于改为"这本无耻之书"。(按:英文"Evil"与"Vile"二字,在印刷上更改起来很容易。)

《我的奋斗》今日在英国仍可年销三千本,所有版税捐给慈善机构。一开始,德国政府就拒绝收受,而德国的犹太人慈善机构也拒绝接受,认为版税乃是染有血迹的金钱。那么收受者是哪些慈善机构呢?书局方面不愿公布,因为没有一个机构愿意公开接受血腥钱。

在美国,《我的奋斗》一直系由霍顿·密夫林出版,在美国参战之前，版税寄交德国书局，参战之后因为政府禁止与敌通信，书局乃将版税缴给国务院。到一九七九年，书局不必再向政府缴版税，历年来国务院一共收到九万元，不是一笔小数目。

德国禁书却可在英国经销

近年来世界企业国际化，英国哈金森出版社早已由美国的兰登书屋收购。大鱼吞小鱼，兰登书屋也正在谈判中，即将由德国企业集团贝塔斯曼(Bertelsmann)吞并。因此，希特勒宣扬种族主义的书虽在德国被禁，却仍可由德国企业公司在英国推销。

贝塔斯曼公司竟成为《我的奋斗》出版者，这项新闻甚至连该公司驻北美代表也惊奇不已。德国人对希特勒在战时的作为颇为敏感，此位代表承认听闻此讯后局促不安。但他也认为出版自由绝对重要，他与他的公司绝不会忠告哈金森停止出版此书。商业毕竟较一切更为重要，何况现在可用出版与言论自由作为借口。

贝塔斯曼总部的政策是：不干涉属下书局的编辑方

针。虽然如此,《我的奋斗》的销售命运在世界各地也各不相同。例如,此书在葡萄牙被禁,里斯本书局已与德国大使馆达成协议,由使馆收购全部烧毁。巴伐利亚州政府握有除了英译本以外的所有版权,阻止此书在瑞典、挪威、拉脱维亚、瑞士、匈牙利各国出版。在以色列,《我的奋斗》当然一直被禁,直至一九九五年,希伯来大学出版了译本,印数不多,立即受到猛烈抨击而停版。

目前,至少在英国,希特勒的出版商仍是德国的贝塔斯曼公司。最具讽刺意味的另一项出版消息是:兰登书屋去年购得了另一书局的再版书目单,此项书目也包括了希特勒的主要对手英国已故首相丘吉尔的著作。兰登书屋既是贝塔斯曼的分支,希特勒"这本邪恶的书"就甚有可能与丘吉尔谈论二次大战的巨作列在同一书目单上。

一九九八年八月一日

关于一稿两投及其他

不久前，国内一份著名晚报副刊编辑请我谈谈对于一稿两投的意见，大概是因国内报刊写稿者中这种现象盛行。他也要我写篇关于美国报纸杂志的一稿两投情况。

一般而言，美国没有这种风气。在这里，什么都有法律管制，一般作家根本不会想到有一稿两投的必要，特别是成名者。销路极广的杂志与著名人报很少接受外来投稿，供稿者不是本报（或本刊）内部作家（有固定薪水）就是外面的特约作家。特约作家稿酬丰厚，如须旅行去搜集材料，可将费用报销。一位已有声名的自由职业杂志作家可以靠写稿维生。

与上面所述不同的是文学界所谓“小杂志”。这些文学杂志如《弗吉尼亚评论》、《哈德逊评论》等等都有人学基金做后盾，目的是发掘、培养新的文学作家，接受外稿，稿费极低。但是在这里发表的新作家都很受出版界与重要文学杂志如《纽约客》等的注意。货色好,必有出路。很多后成名的诗人与小说家都是这样出头的。如此的写作没有一稿两投的必要,被一个刊物拒绝后,再向另一刊物投送,那是另一件事,不是“一稿两投”。

出版界最感头痛者是抄袭。抄袭者在商业社会中很难立足,臭名扬出后,没有一个报刊会接受你的稿件,因此一般写作非虚构的书稿如历史、传记一类,必须非常小心,凡有引据他人著作的,即使是短短一段,也必须注明来源,正如写博士论文一样。年前有一著名历史作家因为赶稿疏忽,忘了附注解,被读者发现后,在报上成为大新闻,幸亏她在历史学界声名极响,才没有受到读书界唾弃。不久前, 国内曾有人要我评论所谓“汪晖事件”,我因不明其相,不敢作评论。我只记得他在任《读书》主编时期,某次被请为一个文学奖金评审委员会的一员, 结果他自己的作品当选。这类情事在美国绝不会发生。

另一与本文相关的话题是转载。转载与一稿两投完全不同。但是转载必须取得原作者或原来刊物的同意,不然被侵犯著作版权者可向法庭起诉。我自己的作品多年来常被转载,到了朋友告知后才知道。那类刊物不但不给稿费,而且也无通知作者的礼貌。我希望这种情况已在国内消失。

这里是我给一稿两投者的忠告:你亟想发表,是为名,还是为利?如是为名,你所得的是臭名;如是为利,为区区一笔稿费,失去名誉,值得吗?

二〇〇九年九月

关于出版商种种

周前发表了一篇《关于一稿两投及其他》,引起读者兴趣，有一位在网上问我:“向出版商投书稿，是否要先付费?”这就使我想到了另一个话题。

直截的回答是:当然不要先付钱。他们进了你的货色，应该向你付费购买。我的宗旨是，我的作品是值钱的,何必反要向出版商付费?现在的问题是作家的发表欲。你写了东西,当然要有读者鉴赏。

自费出版,好像是近来的一种风气,发表欲深重的作家等不及出版界的发掘,情愿自己出资出书,结果印了只好送人,因为如要出售,又得自己花钱做广告了。这样做法,不应是职业作家,或希望成为职业作家者的道路。往往,有钱的商贾到了老年,出钱雇请他人写本“自传”或传记,表扬自己一生事迹。他的目的只是分送亲友留纪念。

那是另一回事。

在美国，这类先要作者付费的出版商有一个特别的名称:“虚荣出版商”。他们与传统上的出版商不同。他们不是靠销书盈利,而是靠承印新书盈利,收益来自亟望出书、不惜花费的作家。“虚荣出版商”的名称即出自于此。他们给你出了书赚了钱后,什么都不管,既不做广告,也不将书送往书评报刊作评，作品往往无人注意。但是一本“虚荣出版商”的书,如果偶然被名家发现捧扬,也会突然进入畅销书榜成为出版界大新闻。此类情况极为罕见,数十年来在美国,我只闻到一两次。通常,文化界(报章、杂志、学府)对“虚荣出版商”出品一概置之不理。

美国出版商可分三种：最重要最有实力的当然是传统的、以销书盈利的著名书局;第二种是大学出版社,受大学资助,专门出版学术作品,作者多半是教授,不必付费,但也没有版税,因学术作品很难畅销;第三种就是这里所说的“虚荣出版商”了。

我的意见是，希望成为职业作家而靠此为生的青年人应该先向报刊投稿,你如有货色,得到佳评后,正统出版商自然会来找你。这样,出书不但不必先付费,而且有稿酬版税进益。我自己不是“职业作家”,因为我不靠写作维生。七十年前,写个短篇散文,稿费不够吃一顿饭。我一生的写作收入几乎都是这样。今日出名的青年作家比我当年的青年作家幸运得多了，据说国内报刊稿费已提高不少。我为他们庆幸。

我给那位读者的最后忠告是:如要先付费,不必投书稿。

二〇〇九年十月

敢于破禁的出版家

出版家巴尼·罗塞特(Barney Rosset, 1922—2012)的去世,表明美国出版界一个时代的消逝。我说的时代是指一九五〇——一九七〇的年代。当时美国法律禁止出版所谓“诲淫”著作,我们如要读 D.H.劳伦斯的《查泰莱夫人的情人》,也要向从英伦旅游回来偷带入境的朋友借来传阅。

二次大战结束后多年,美国国会还如此守旧,与今日什么都能公开(例如色情艺术品,包括春宫电影等)的情况相比,大有不同。当然互联网上的包罗万象是一原因。在那个时代,我参加了政治思想开明、自由的朋友团体,我们看到一本亨利·米勒的《北回归线》,便惊异万分。罗塞特那时开设了一家 Grove 书局,坚持奉行评论与出版自由,开始出版“垮掉的一代”作家诗人,以及法国超现实主义、德国表现主义的文学作品。这些作品都表达了人类情欲的自然倾向，无所避讳。在政治方面，他也敢于出版古巴革命家切·格瓦拉，与越共胡志明的著作。后来，他又出版了美国黑人革命理论家马尔科姆·利特尔(Malcolm X)的自传。

这样一位大胆敢言的出版家，追求的是言论自由，而不在乎盈利，受到美国知识界的尊崇。不久他又进口了瑞典赤裸裸地描绘男女情欲的电影《我好奇，黄色》(*I am curios, yellow*)。在纽约放映后，明显点出了美国宗教社会的虚伪。片中，少年男女赤身裸体的镜头，当时令人大惊小怪，现在此类电影几乎不算一回事，只是不准未成年儿童观看而已。

罗塞特自称他的书局 Grove 是打破美国清教主义水闸的一个裂口，而且一破就不可修复。他受到保守人士的威吓，有人声言要向他的办公室丢炸弹。但是他主张言论自由的胆量，终于受到美国出版界的赏识，全国图书基金会于二〇〇八年颁给他奖章，称扬他是鼓励那些在禁例下挣扎、未成名作家们的导师。由于他的勇气，其他出版商也纷纷解禁。一九五七年，他创办了 *Evergreen* 文学季刊，后来改为双月刊、月刊，于一九七三年停刊。在此期间，第一期就刊登了欧洲前卫派名作家萨缪尔·贝克特的诗与短篇小说,第二期就发表诗人金斯堡的名诗《嚎叫》。他也出版了贝克特的剧作《等待戈多》。二次大战时,他服了兵役，曾在中国的美军摄影组服务。他一度加入共产党,去了东欧诸国游访后,即失望而退党。一九六〇年他在巴黎时出资五万美元购买了《北回归线》版权。出版后在美国各州遇到种种困难,不能盈利,最后他告上法庭,于一九六四年公堂取胜,获准公开出售后立时畅销,一年内精装本销了十万本,平装本销了一百万本。另有一本威廉·巴勒斯的小说《裸体午餐》也是由他于一九五九年在巴黎出版,后在美国畅销了十万本。法国一位女作家用化名写的色情小说《O 的故事》也是经他介绍出版。这些书我都读过,没有什么可以大惊小怪,故在这里提出。

近年他曾对一记者承认,他的兴趣其实是在印刷发行有价值的文学著作(不论它诲淫与否),但他对推销瑞典色情电影则抱有遗憾。他是一位敢于冒险、尊重自由的出版家。他的讣闻发表在《纽约时报》封面,可见读书界对他的重视。写到这里,我突然想到他的在世年龄与我相若,大起感慨。

二〇一二年三月

译作·原作·书评

三数年前，一位香港名作家送我一本她的小说英译本，请我写篇书评发表在香港一本杂志作介绍。我想来想去想不通，只好婉拒。这本小说原作早已在中国读者间畅销，评论它的英译本有什么意思？至多只能吹毛求疵地找些翻译者的错误而已。

日前另有一位作者来信，说他一本根据中国古代小说所写的英文小说将出法文译本，请我写篇书评在国内刊物发表。我的回答是，我的法文知识有限，只在大学读过两年，不能胜任，何况用中文写书评向中国读者介绍法文所译的英文原作，怎能引起读者兴趣？

他的回信详细道出那本小说的翻译史，说他的著作并非翻译，而是根据那本小说中的人物与内容的英文创作，因此要我向中国读者介绍。

我深知那本小说的翻译史，原作的故事讲述的是一个明朝法官的侦探案件，在中国民间流行，但并非文学界所重视的《红楼梦》一类古典名作，我自己早在十二三岁时就读过。当它的英译本最初于一九四九年出版时，我已到了美国，在大学研究院中只对战后美国新作家特别有兴趣，而那位英译者的荷兰汉学大师高罗佩(Robert H.Van Gulik) 并没引起我的注意，何况一九四九年是中国解放年，世人的注意力集中在中国革命。高罗佩其时只有三十九岁，已经是“中国通”。后来他曾出版过几部有关明代色情画册的书，一是一九五一年的《秘戏图考》(*Erotic Colour Prints of the Ming Period*)。到了一九六一年，他又出版了《中国古代房内考》(*Sexual Life in Ancient China*)。他回到海牙后，去世时仅五十七岁。

对那位坚持要求我介绍其英文小说给中国读者的作家的好意，我很感谢。可是我用同样的理由婉拒：用中文写篇书评向不懂英文的中国读者介绍一位中国作家的英文创作，至多只能起一些宣传或广告作用，不是一个书评家的义务。

关于那位香港作家，我曾想到替她写书评在美国刊物发表。但是，在美国，书评投稿不会被接受，书评刊物编者往往先挑选佳作,然后才约请作家写书评。我曾在《纽约时报书评周刊》及其他销路不大的时论文学刊物写过书评。但是编者们态度严正,要我细读一本厚厚新书花时太多,而且稿费不高。只有《时报》,写七百字左右,稿费约一百五十元,今日恐有增加。进入老年后,编辑来电邀稿,我都已谢绝。现在我替本刊写稿,只为个人乐趣,题材无限,每周一次,想到什么就写什么,毫无拘束。

二〇一〇年四月

“公共编辑”的认真

美国几份著名大报如《纽约时报》、《华盛顿邮报》近年来都在编辑部加了一位任务奇特的编辑，名为“公共编辑”(Public Editer)，他所代表的是读者公众，他的专责是熟读每天报纸，找寻本报记者报道的错处，以及各部门负责编辑的疏忽，在级别上他不受总编辑控制，他的唯一上司是报纸老板。这种职务，任期只有两年，被雇用者都是富有经验与声望的老报人。“时报”最近一位公共编辑刚刚满期，新人尚未到，在此间隔时期，我觉得有所感触，就写下来。

严谨而有声望的报纸要把它的出品内容做到极为公正不偏、不捏造、不渲染夸张的地步，纽约其他诸报如《华尔街日报》、《纽约邮报》被福克斯电视台老板默多克购买、改换编辑人员后就没有保持这类标准。

"时报"公共编辑每星期日在专论版辟有专栏,检讨过去一周本报新闻报道的欠缺处。他的吹毛求疵的探索极为彻底,往往引起很有声望的名记者不快,中上级编辑们不好意思,甚至总编辑尴尬。由于公共编辑直接向老板报告,他的编辑地位犹如太上皇。他召记者或编辑去讨论时,就好像一个学校的训导主任召唤学生质问其不当行为一样。

他要确认记者的新闻来源是否可靠。例如,记者往往写道:"据一位匿名的政府官员透露……",或"据白宫某最高来源说……",或"某某方面证实这个措施已在筹划中,但不愿透露姓名……"等等,这些新闻即使都是可靠的,但一篇报道中如有数个类似的无从证实的来源,编辑们与公共编辑便要特别小心,即使名记者也要接受质问。一个惯例是新闻来源人往往一定要记者保证不透露真名,才敢道出真相。还有记者因拒绝透露来源而触怒法官,宁愿坐牢。

还记得数年前《时报》一位年轻黑人记者因捏造新闻而被革职。当时的总编辑与黑人副总编辑,被人指控有袒护少数民族记者之嫌,后也引咎辞职。

我想,"公共编辑"的出现,大概是起于这件事。

二〇一〇年五月

向一位专栏作家告别

读《纽约时报》周末版,厚厚的一沓,是我每星期上午一件最愉快的事。我第一个动作便是翻开“周末评论”部门的专栏版,找寻我最喜爱的两个专栏:一是弗兰克·瑞邱(Frank Rich)的专栏,另一是所谓“公共编辑”(Public Editor)专门答复与讨论读者对新闻处理不满的专栏。

我在上周“认识美国知识分子”一文中提起陈安那本精彩的书,忽视了《时报》头号专栏家瑞邱,只因他的言论影响极大,特别是对美国知识学术界。恰巧在该文见报后,消息传来,瑞邱已辞去《时报》工作,前往《纽约》杂志周刊任编务。今日看到他写给读者的告别词,灵机一动,何不将他作个小小的介绍,望陈安老弟不要见怪。

瑞邱是在六十年代美国社会最动荡期间的产物,当时的青年人,特别是中大学生们都因参加反越战、黑人民权、女权与性自由开放种种活动而思想激烈化，被人视为“左倾分子”。

瑞邱于一九四九年出生于一中产阶级知识分子家庭，他在告别文中提到幼年时如何开始对报纸专栏文章发生兴趣，那时他年约十二三岁，恰在肯尼迪总统执政之时，常在华盛顿家中听到父母讨论时事，当时最有名的时事专论家是沃尔特·李普曼(Walter Lippman)。某次瑞邱自学校门家，路过国家大教堂，不慎掉了他的皮夹子，回家后正在他心神不定之时，母亲兴奋地跑入房内，不但不加责骂，而且高兴地说：“刚才是沃尔特·李普曼的女佣来电，你的皮夹子掉在他家门口了。”从此瑞邱好像受了神的启示，一心一意想当专栏作家，熟读了当时名家如亚尔索普兄弟(Alsop)等。

他于一九七一年在哈佛大学文科毕业，第一个职务是《时代》杂志影评人，因为他对戏剧电影特别有兴趣，不久被《纽约邮报》聘去写每日影评。由于他的见解高人一筹，文笔优美，毫无偏见，终于一九八〇年被《时报》聘去当首席剧评人。在纽约报刊的剧评人特别受戏剧界重视，剧评的好坏可以影响新剧的卖座。瑞邱的评论标准特高，由于《时报》是喜欢观剧的知识界最尊重的报纸，因此他的一篇恶评就可以让新剧不能卖座而关门。戏剧界商人于是纷纷向《时报》抗议，由于广告收入关系，《时报》于一九九四年将他调任为每周两次的专栏作家，而他的时事评论也是一针见血，读者极众，我也成为“粉丝”。不过《时报》把每篇专栏只限于七百五十字，瑞邱觉得不能尽言，特别是讨论时事政治方面，于是向编辑部抗议。终于，他在星期日的专栏版获得一块较大位置，但数千字的专栏只限每周一次。

我有许多有见识的学者文人朋友都是他的“粉丝”，他的言论，尤其是伊拉克战争开始时期，几乎无人不读，极右派人士把他咒骂为“社会主义者”、“极左亲共者”等等，他的声名不动。现在他入了《纽约》杂志后，将每月写一篇专论，即是每四星期一篇长文。我要在此文中提出的最重要的一点是，他的作品从不受编辑或报方干涉。这是当新闻记者的最必要条件。

二〇一一年三月

为一座宏伟文化宫殿的崩坍而惋惜

你如果像我一样，进入过这座瑰丽雄伟的文化宫殿中游览过，你一定也会惋惜如此一座巨大工程的崩坍。

幼年时我上了英国教会办的初中，首次看到陈列在书架上的厚厚的大型精装《大英百科全书》，产生好奇。站在一旁的英国传教士老师对我说，好好读通了英语，你可在这里走入一个奇妙惊人的世界。从此以后，从中学、大学、研究院，直到后来因职业上的需要，一生曾多度潜入这个包罗万象的奇异大观园游览逗留，其间学到了不少凝聚着历代人类智能的知识。现在听到《大英百科全书》即将停刊的讯息，大为惊慌。但我知道时代不同了，今日一台小小的电脑，只在键盘上打字，你就可以迅速找到想要查询的材料。当然，浅薄的维基百科，怎可与详尽的《大英百科全书》相比？

《大英百科全书》已经出版二百四十四年了，当它宣布停止刊印时，在仓库中尚存有四千套全书，是二〇一〇年版本，每套有厚厚的三十二册。不到三星期就几乎全部被抢购。收藏家把它当作宝物珍藏起来。当事者相信最后一千套也会迅速脱手。地处芝加哥的大英百科全书公司，系于今年三月十三日宣布停止刊行，在此之前，销量大概是每周六十套，价格为每套一千三百九十五美元。自停刊消息传出后，每日销出一百五十套，每周一千零五十套，销售之速度可与全盛时期相比。不同的是，那时候公司雇有不少推销员。公司预料，到四月底，剩余的一千套将会全部销光。销路最盛时期是一九九〇年，那年单在美国就销售了十二万套。

《百科全书》每套重达一百二十九磅，购买者除了学府机构以外，也有个人收藏者。公司当事人说，一般人以为《大英百科全书》会永久生存下去，但突然间，现在已成为了罕有的珍品。

如上所述，《大英百科全书》的生意是因电脑的便捷而被挤掉的。网络上的维基百科从十一年前开始，读者免费使用，而且它鼓励读者提供独有的数据，充实其内容。现在也发展到采用其他国家的语言文字。

《大英百科全书》是世界上现存最古老的英文百科全书，二百多年来连续修订，不断再版并且定期更新条目。在计算机风行之前，退休后的我在家中常用的是哥伦比亚大学于一九七五年出版的、长达三千页的《哥伦比亚百科全书》第四次修订本，由于它的重量与字型微小，我已不再翻动它了。

除了打开电脑方便之外，我也喜爱翻阅另一本比较轻便的《贝奈读者百科全书》(*Benet's Reader's Encyclopedia*)(一九八七年版)。此本小型百科全书的特点是专注世界文学和艺术领域的相关知识，包括文学作家小传、著名小说内容简介、各种文学奖历史等。艺术方面也是同样。可惜的是，它名为介绍世界文学，提到中国，只记载了孔子、孟子、屈原、老子、杜甫、李白等历史人物，在现代文学方面，只偶然提到鲁迅、老舍、巴金几个名字，可见当时编辑者对中国知识的贫乏。

写到这里，我突然记起约三十年前，我曾应 H. W. Wilson 公司出版的《世界作家辞典》(*World Authors*，一九八〇至一九八九)编者之邀(也有国内作家朱虹参与)，写文介绍过胡风、巴金、茅盾、丁玲、曹禺、艾青、钱锺书、冯至、周立波、萧军、萧红、何其芳、赵树理等。

但如《大英百科全书》一样，此本辞典恐也已绝版。呜呼，老年人追不上了！

二〇一二年四月